宝島社

《リコ・ナキ・ラクス》
《リオン・スターフ》
《マッケン・ハイン・モーリエ》

Life magicians, challenge the kingdom council

生活魔術師達、王国会議に挑む

丘野境界
Kyokai Okano
Illustration 東西
comic 川上ちまき

宝島社

《七つ言葉《セブン・ワード》》▸《十の言葉《テン・ワード》》

ケニー・ド・ラックが得意とする魔術。
『7文字までの音声認識」による、万能たる聖霊との交信。文字数制限有りの音声認識で、願望を具現化するチート魔術。
ただし「死ね」などの対象の魂に直接関わる言葉は、拒絶される場合もある。ケニー本人の音声認識以外でも、身振り手振りのジェスチャーでも発動が可能となった。制限付きではあるが、スピーカーを搭載したゴーレムなどを利用し、魔術効果を増幅させることもできる。最近では、言語の神に課された試練を潜り抜けたことで強化され、一日に一度だけ『十の言葉《テン・ワード》』が使えるようになった。

《時空魔術》

ソーコ・イナバが得意とする魔術。基本、収納がメイン。
許容量は不明で測定していないが、今のところ限界を迎えた事はない。
時間の巻き戻し（擬似的な治癒、修復等）、停止も可能。
また、敵を切断するなど攻撃魔術としても転用可能。
非常に便利な魔術だが、使用には若返りや老化などといった重い対価が必要である。

《呪術》

リオン・スターフが得意とする魔術。
動物やモンスターの素材から、使い魔を生み出す事ができる。
出現できる使い魔は中型なら三体まで、大型だと一体が限界。それ以上になると本体の動きが徐々に鈍くなり、使い魔の大きさを問わず、六体で完全に動けなくなる。
最近では複数の使い魔を合体させて非常に強力な力を持つ『合成獣《キメラ》』を生み出すことも可能になった。

《デイブ・ロウ・モーリエ》
《ノイン》
《ケニー・ド・ラック》
《ソーコ・イナバ》

Life magicians, challenge the kingdom council

CONTENTS

巻頭特典　描き下ろしマンガ◎生活魔術師達、焼け跡の怪現象に挑む……009
第一話◎生活魔術師達、王国会議に挑む……024
第二話◎生活魔術師達、王女リコを救う……081
第三話◎生活魔術師達、ロビー活動に勤しむ……134
第四話◎生活魔術師達、間諜《スパイ》に立ち向かう……190
第五話◎生活魔術師達、生活魔術を教える……237
エピローグ……290
おまけ劇場◎デイブ殿下、立候補する……294

CHARACTERS

キャラクター紹介

ケニー・ド・ラック

マイペースで面倒くさがり。
奇跡の神子として敬われていたが、巡り巡って
義理の親である神秘学者に引き取られた。
『七つ言葉《セブン・ワード》』という文字数制限ありの音声認識で、
願望を具現化するチート魔術を使う。

ソーコ・イナバ

十二歳ぐらいに見える妖狐族の少女。
気難しく、頑固で負けず嫌い。感情が尻尾に出る。
東の果ての国ジェントからの留学生で、
被っている狐面は魔力を制御する機能がある。
使用する『時空魔術』は基本、収納がメイン。

リオン・スターフ

温厚で常識人。実は隠れファンが多い。
自ら魔女に弟子入りしたが、田舎に住んでいる
師匠が怖い。実家は農家で、今も仕送りをして
いる。動物やモンスターの素材から使い魔を生
み出す事ができる呪術が得意。

生活魔術科

カティ・カー

指導能力抜群の、生活魔術科の科長。小心者で、押しに弱くお人好し。家族揃ってなし崩し的に十年ほど魔王討伐軍の復興支援部隊を手伝っていた。

フラム

ボルカノの娘。散歩が大好き。何でもよく食べ、リオン達に懐いている。敵意察知の感性の高さから、火龍の娘の片鱗が窺える。

ベリール王国

リコ・ナキ・ラクス

ベリール王国の第三王女。
マッケン王太子の婚約者。

ステラ・セイガル

リコ姫の幼馴染。
リオンの姉弟子。

偉大な(?)方々

ボルカノ

火の龍神で、神と並ぶ伝説的な生物。清掃業務を依頼したことで、リオン達と知り合う。

タタン

夢のお告げで、時々ケニーに試練を与える言語の神。

ナチャ

世界樹の高所を居住にしている、アラクネの霊獣(人間でいえば仙人のようなモノ)。
有能だが、面倒くさがり。

ティティリエ

海底都市の女帝。基本無表情で無口、ラスボスオーラが漂う美女。本気になれば津波や海流の操作も余裕な力の持ち主。

previous summary

料理、掃除、整理など生活に密着した魔術を学ぶ生活魔術科。
学院内で見下されていた彼らは、一番人気の戦闘魔術科の圧力によって
今年の予算をたったワンコインにされてしまう。
真っ当に活動する予算を手に入れるために学内での活動を止め、
金策に走ることにした生活魔術科の生徒達だったが、
実は生活魔術はとてつもない力を秘めていた！
包丁研ぎ魔術で武器を強化し、収納術で敵を切断！
危険溢れるダンジョンをあっさり攻略し、
手っ取り早く大きな稼ぎを得ていく。
予算の問題はなんとかなった後も、彼らの快進撃は止まらない。

臨海学校では、幽霊船を造って使い魔にし、海底神殿を破壊!
突如現れた天空城に挑んで国の危機を救い、
エルフの郷では、『世界樹の収穫祭』に集まった神に等しい霊獣達のおもてなしを担当!
大聖堂を再建して、神の失敗をフォローし、
魔女の森の異変もさくっと解決!
ソーコの故郷では百鬼夜行を退治し、兄妹喧嘩の解決に尽力!
最近では神の試練を乗り越えてパワーアップ!
行く先々で騒動に巻き込まれてしまうも、
それぞれが得意の生活魔術を駆使して、解決してく。
見下されていた、生活魔術だったが、その可能性は無限大だ。

巻頭特典

描き下ろしマンガ

生活魔術師達、焼け跡の怪現象に挑む

information!

コミック版

生活魔術師シリーズ 好評発売中!

大人気シリーズ　ついにコミック化!

このマンガがすごい! comics

生活魔術師達、ダンジョンに挑む 1~2

収納術　梱包術　包丁研ぎ 日常生活用の魔術でダンジョン攻略!?

ノースフィア魔術学院は王宮や軍などに進む人材を育成する魔法学校。
そこでは様々な学科で華やかな"攻撃魔術"を学ぶ学生たちに、『雑用科』と呼ばれている学科があった。これは、見下されていた生活魔術科の学生が、ダンジョンで"迅速"かつ"快適""ラクチン"に魔物を退治"しまくる"学園サクセスファンタジー。「包丁研ぎ魔術」で武器を強化し、「収納術」で敵を切断する――生活魔術って、じつは最強!?

大人気シリーズ、コミカライズ第2弾!

このマンガがすごい! comics

生活魔術師達、海底神殿に挑む 1~2

生活魔術で巨大イカ捕獲 & 幽霊船づくり!? やってきました臨海学校

魔術師のエリートを育成する、エムロード王立ノースフィア魔術学院――。
「生活魔術科」はほかの科から見下され、予算も満足に与えてもらえない状況に。
しかし、収納術や包丁研ぎ魔術などで見事にダンジョンを攻略!
年に一度の「双月祭」でも見事な成果を上げ、科の財政難は逃れたのだったが……。
次の学院内イベント、「臨海学校」でまたも雑用係に!? どうする生活魔術科!

大人気シリーズ、コミカライズ第3弾!

このマンガがすごい! comics

生活魔術師達、天空城に挑む 1~2

生活魔術で王子の護衛&天空に突如現れた謎の城探索へ!!

ノースフィア魔術学院でもっとも見下されている"生活魔術科"だったが、収納術や測量術などをつかっていとも簡単にダンジョンを攻略!
今回の舞台は、突如国の上空に現れた天空城!　生活魔術科の3人の元にやってきた依頼は、この天空城を別の場所に移動させること。しかし、まさかの先客が……!?
今回も大波乱&大活躍の予感です!

大人気シリーズ、コミカライズ第4弾!

このマンガがすごい! comics

生活魔術師達、世界樹に挑む 1~3

生活魔術師達、百年に一度の世界樹の開花に遭遇する!?

エムロード王立ノースフィア魔術学院で、料理や掃除など生活に密着した魔術を学ぶ生活魔術科。ダンジョン、海底神殿、天空城の攻略を経て、今回は全校生徒でエルフの郷に研修へ!
しかし、世界樹の開花の際に放たれる魔力の影響で、郷や近隣の森ではトラブルが発生! 今回はいったいどうやって切り抜けるのか!?

大人気シリーズ、コミカライズ第5弾!

このマンガがすごい! comics

生活魔術師達、大聖堂に挑む

生活魔術師達、200年前の聖女に憑依される!?

エムロード王立ノースフィア魔術学院で、料理や掃除といった生活に密着した魔術を学ぶ生活魔術科。様々な騒動を経て、彼らの学院内での評価も上がりつつあった。
今回は、フィールドワークの授業で朽ちた大聖堂の調査をしていると、200年前に活躍した聖女の霊に遭遇して……。さらにはケニーが教会と大トラブルに!?

LINEマンガ&このマンガがすごい! WEBにて連載中!

これは旧大聖堂にて
ケニー・ドラックが
聖女『アリア』に
憑依され——
むくっ
しばらく
行動を共に
していた時期の
お話である……
今回の
ギルドからの
依頼は——
ジャリ
焼失した
この——
「元高級服飾店」の
調査か……

経営していた老夫婦が老衰で亡くなり
とり壊そうとしたところ火事が発生
依頼書。
…依頼主は老夫婦のお弟子さん…
NEW!
!?
なんでもここに新店をつくるつもりが
作業員が謎の怪現象にあい工事が進まないらしい
怪現象…?
見えない「何か」に首筋やら腕やらを撫でられるんだとか……
霊のしわざでしょうか!?
幽霊が幽霊をコワがってるわ…
ブラウニーズはこういったご依頼も受けるんですね
リオン向けっていうのでお願いされたのよね
なんだか霊の専門家みたいに…
そんなつもりはないんだケド

当初は
ゴドー聖教に
依頼も考えていた
みたいだが
依頼金額が
「お気持ち」
っていう曖昧な
数字だったから
こっちに
流れてきた
みたいだな
「お気持ち」
ねぇ…
たまに聞くけど
相場がイマイチ
わかんないよねぇ
あるある～
ぴ？
焼失といっても
意外と形は
残ってるわ…
ゾワッ
今首筋が
寒かったん
だけど…!?
ね…!?
やっぱり何か
いる‥ね……!?

……わっ⁉
ゾクッ
ビクッ
…‼
皆様には見えていないようですね…
少し失礼して試したいことがあります――
アリアちゃん…？
パアアアア
…

微力ながら私の視界を皆様と同調させていただきました
霊力と聖女の力を掛け合わせたもので長くはもたないと思いますが…
いや助かる
これは…「ドレスの幽霊」ってこと……？

……そっか……
着られずに
焼けちゃったんだ
この子達……
その無念が
幽霊になって
ここで留まって
いたんだね
せっかく
綺麗に仕立てて
あるのに……
かわいそうですね…
…浄化なら
できるが……
いや…
みんな
ちょっと思い
ついたんだが
協力して
くれないか
え……
「着せ替え」の
生活魔術で……
私にこの
幽霊ドレスを
……!?
ひら
ひら
ひら〜〜

※「このマンガがすごい!comics 生活魔術師達、大聖堂に挑む」単行本描き下ろし短編参照

そう
ケニーが言うにはアリアあなた
着衣※のまま入浴体験したらしいじゃない？
そうですね…
霊体ですと服を脱ぐことができなかったので…
ぴぃ──♪
でもさすがに幽霊同士とはいえ試着はムリなのでは…
モノは試しよ！
着替えられたら今よりずっと生活の自由度がアップするよ！
気分も上がるし…！
ぐいっ
ついでに「着せ替え」の魔術も習得しちゃいましょう！
キャッキャッ
ぴぃあぴー♪
男子は部屋の外でまちぼうけ

ガチャ
ケニー 霊体への「着せ替え」大成功よ
!
パーッ
パーッ

おお……！
パッ
パパーッ

もちろん 脱ぐことも可能 っていうのが わかったし お風呂も より楽しめるん じゃないかしら？
ドレスさん達も とてもうれしいと 言っています…！
ありがとう ございます…！
…とここまで 着ておいて アレだけど 依頼人には 幽霊ドレスの 回収の許可は ちゃんと とらないとね
ふむ…
…ほかの人には まったく使い道 なさそうだけどな
もちろん さしあげますぅ ……っっ!!

本当にありがとうございました…!!
ブンブン
お師匠の服達もこれで浮かばれますぅ!
あ…あの…よければその幽霊のドレス…
デザインをスケッチしていただけませんか?
別料金もお支払いいたしますので!
そう思っていちおう紙に全部「転写」しておきました
追加報酬いっぱい支払いますぅうぅうウゥ!!
だばーッ
あといずれ俺達が学院を卒業するときの礼服とかって
そちらにご依頼することも…?
こしょ
こしょ
知り合いのハンド商会も紹介しますよ
それはそれは…!?
格安で請け負わせていただきますぅ!!
ホント抜け目ないわね……
うおぉおぉおぉ

お弟子さんのお店も成功するといいねぇ
しかしドレスの幽霊かぁ…
ノースフィア魔術学院
今まで「船」の幽霊もいたし
この手の案件はけっこうあるのかもな
臨海学校の「幽号《カスカ》」のことね
厳密には幽霊とちょっとちがうかもだが…
こうなったらアリアの衣・食・住の充実を図りたいな
食べ物の幽霊とかいないか？
ひら
ひら
ひら〜
そんなモノあるわけないでしょ
お気持ちはうれしいです…
ケニー君らしい…
じゅるり…

［おしまい］

⬅ありがとうございました！ 引き続き、本編をお楽しみ下さい!!

Main story

生活魔術師達、王国会議に挑む

Life magicians, challenge the kingdom council

第一話　生活魔術師達、王国会議に挑む

ノースフィア魔術学院の大会議室では、各魔術科の科長達が会議を行っていた。

緊急の要件はなく、和《なご》やかな雰囲気のまま、会議は続いていた。

「――さて、次の議題に移りましょう。十日後の連休に、サフォイア連合王国に所属する小国家群が集《つど》い、定例報告を行う王国会議が開催されます。数年に一度開かれるこの会議ですが、今年は我がエムロード王国がホストとなります。基本的に私達ノースフィア魔術学院が関わることはありませんが、王都周辺では各国のゲストが観光などを楽しむこともありますので、生徒達には節度ある行動を取るよう、促《うなが》していただきたく思います。加えて、王国会議の準備で、多くの荷馬車が行き来していますので、登下校の際に気を付けるよう注意喚起を促すようお願いします。こちらは現在進行形の話ですね」

議長の説明に、科長達がそれぞれ話し始める。

「確かに交通量は増えていますな」

「作業員には荒くれ者も多いと聞く。そちらにも注意を払った方がいいでしょう」

会議室がざわめく中、議長は話を続けた。

「それから、一部の先生達はすでにご存じかもしれませんが、戦闘魔術科科長のゴリアス・オッシ先生が、王国会議の警備部門に参加することになっています。ですので、ある程度、学院《こちら》の仕事の負担を減らせるよう、皆さんの協力を願えればと思います」

議長が視線を向けると、戦闘魔術科の科長ゴリアス・オッシが立ち上がった。緋色《ひいろ》のローブを羽織り顎ヒゲを蓄えた、壮年の男である。

「オッシ先生、おめでとうございます」

「さすがです！」

拍手の中、オッシは優雅に一礼した。

「いや、みんな、ありがとう。しばらく皆に迷惑を掛けることになるが、よろしく頼みます」

「確か、生徒も随行するという話でしたが……」

「ええ、警備の見習いとして加えることにしました。せっかくの機会ですし、何事も経験ですからな。といっても、退屈な仕事であって欲しいモノですが」

肩を竦《すく》め、オッシは頭を振る。その発言の真意に、科長の一人がなるほど、と頷いた。

「警備部門でトラブルが生じれば、それはそれで問題ですからなぁ」

拍手が収まり、議長がオッシを紹介した時よりも若干戸惑ったように、話を続けた。

「えー、それからもう一人。生活魔術科科長のカティ・カー先生も、王国会議に総務部門で参加することが決まっております」

「え……」

「生活魔術科がまた、どうして……？」

一応拍手はまばらながら広がったが、それがなおさら戸惑いを表していた。

生活魔術科のカティ・カーもオッシと同じく立ち上がり、一礼する。草色のローブを羽織った、下手《へた》をすれば女生徒と間違われることもある、若い科長である。他の科長達の反応は予想通りだったのか、苦笑いだ。

そんな微妙な空気の中、口を開いたのはゴリアス・オッシだった。

「生活魔術科の魔術には、王国会議の準備や裏方として、有用なモノが多い。宮廷の文官から、そういう評価がされたのではないですかな？」

ゴリアス・オッシと、戦闘魔術科の発言は強く、何より話の内容も説得力があった。

「な、なるほど……」

他の科長達は、納得したように頷いた。

「そ、そういうことで、私も王国会議に参加することになりました。頑張りたいと思います」

ペコリ、とカーがもう一度頭を下げる。

そんな彼女に、オッシは顎ヒゲを撫でながら首を傾《かし》げた。

「これは単なる好奇心ですが、生活魔術科からも、誰か生徒を随行させたりするんですか？」

「ああ、それは――」

各魔術科の科長達が、大会議室で話し合っていた、その時刻。

魔術学院の廊下では、小さなトラブルが発生していた。

「邪魔だ、どけよ雑用係ども」

戦闘魔術科の緋色のローブを羽織った少年が、不機嫌そうに唸った。

それを見て、狐面を被った白髪の少女――ソーコ・イナバと、気怠《けだる》そうに癖っ毛を掻く少年――ケニー・ド・ラックは顔を見合わせた。

「誰だっけ」

「憶えてない」

二人の発言に、戦闘魔術科の少年――アリオス・スペードの顔が憤怒で真っ赤になった。

そこにフォローを入れたのは、栗色の髪の温和そうな少女――リオン・スターフである。

「ア、アリオス・スペード君だよ！　戦闘魔術科の！」

「ぴ！」

リオンの頭に乗っている赤い小動物――フラムも同意するように鳴く。コドモドラゴンということになっているが、実はこの世界の火を司《つかさど》る龍神ボルカノの仔《こ》である。

リオンの言葉に、ソーコは口元をへの字に曲げた。

「戦闘魔術科なのは、ローブの色を見れば分かるわよ。でもあそこの連中、いちいち憶えてなんていられないいわ」

ソーコの文句に、ケニーも続く。

「もちろん、リオンの友達とかは別としてな。あと邪魔だっていうなら、そっちが右によければいい。いや、そっち視点だと左か。何にしろ、廊下のど真ん中はさすがにそっちが邪魔だろう」

廊下はそれなりに広く、ソーコとケニーは並んで左側を歩いてはいたが、右半分はまだまだ余裕があった。

実際、アリオスが右側を歩けば、丸く収まるのである。

一方的にアリオスが喧嘩を売っているのだが、彼には通じない。かつて生活魔術科がボイコットした事件や、生活魔術科に移籍した元戦闘魔術科の生徒に痛い目に遭《あ》ったこともあり、生活魔術科を目の敵にしているのだ。

「そっちがどけばいいだろ⁉」

激昂するアリオスに、ソーコはため息をついた。

「目、ちゃんと開いてる？　私達はもう左に寄ってるの。貴方も同じように自分から見て左にどけばいいだけ。無駄に揉め事起こすのは、よくないと思うわ」

「アリオス……ああ、どこかで聞いた名前だと思ったけど、そんな調子で、王国会議の仕事大丈夫なのか？」

ケニーが言うと、アリオスはギョッと驚いた。

「なっ、ど、どこでそれを⁉」

「どこでも何も、戦闘魔術科の知り合いは俺達にもいるからな。噂話ぐらいは聞いてるぞ。そんな風に誰彼構わず喧嘩腰だと、国際問題の火種になるんじゃないか？」

「さすがに、会議の参加者に喧嘩を売ったりしねえよ！」

ケニーにアリオスが突っ込んだ。

するとソーコが不機嫌な気配を発した。

「……その前提で、私達に難癖付けてるってコトは、勝てそうな相手には喧嘩売ってるってコト？」

「やめろ、ソーコ。あまりに図星過ぎる」

ケニーが真顔で追い打ちを掛けた。

さすがにこれは、リオンもフォローできなかった。ソーコの言うことが、本当にその通りだからだ。

「テ、テメエら！」

「何よ、本当のこと言われて逆ギレ？」

アリオスが腰から杖を抜こうとするのを見て、ケニーが言う。

「これは純粋な親切心で言うんだがアンタ、ここでくだらないトラブルを起こすと、マズいんじゃないか？　せっかくオッシ先生が抜擢してくれたのに、先生の顔に泥を塗るコトになるぞ」

「くっ……！　今日はここまでにしておいてやる」

顔を真っ赤にしたまま、アリオスはソーコ達の脇を抜け、廊下の向こうへと消えていった。

ハーッと、ソーコは大きく息を吐いた。

「今日はって言うか、できれば卒業するまで関わらないでほしいんだけど。びっくりするぐらい、チンピラの捨て台詞《ぜりふ》じゃない」

「そもそも、何であんなにいつもイライラしているんだろうな」

「煮干しとか牛乳とかが足りていないのね」

確か、そういうのが精神にいいって、何かの本で読んだ気がするんだけど、とソーコは呟くのだった。


生活魔術科の教室。

科長であるカーはまだ科長会議から戻っておらず、他の生活魔術科の生徒達もそれぞれ、自分達の課題をこなして留守だった。

教室にいるのはソーコ達と、ソファの後ろに無表情の女生徒を控えさせた、ふてぶてしそうな顔をした小太りの少年だけだった。

小太りの少年はデイブ・ロウ・モーリエ。商家の息子ということになっているが、このエムロード王国の王子である。母方の実家が商家なので、実際嘘ではない。

デイブの後ろに控えているのはノイン。デイブの側仕えということになっているが、こちらは古代オルドグラム王朝に造られた、人造人間である。

そのデイブが、話を切り出した。

「『ブラウニーズ』に、王国会議を手伝ってもらいたい。……本来なら冒険者ギルド辺りで話す内容なんだがな。形式を重んじるべきなんだろうが、直接話せる環境なのにいちいち冒険者ギルドまでお互い出向いて話すのも、馬鹿馬鹿しいだろ」

実質、王族からの指名依頼である。

しかし、デイブの言うことも分かるので、ソーコは頷いた。

「そりゃまあそうね……でも、私達が参加するようなことある？」

この魔術学院では軽んじられがちだが、生活魔術科、その中でも科長であるカティ・カーは優秀だ。

カーが王国会議を手伝うという話は、ソーコ達も聞いている。

それならば、彼女一人で充分のはずだ。

それに加えて、とケニーが疑問を口にする。

「こういうのは、文官っていうプロがいますよね？　俺達が出張ると、いい顔されないんじゃないですかね」

「ああ。もちろんそこは俺様も考えた。ただ、文官達でも手こずる仕事というのがあってな。王国会議はサフォイア連合王国に所属する、小国家群の集会だ。基本的には共用言語が用いられる。しかし、だ――」

そこで、リオンがピンときた。

「――あ、方言ですか？」

「正解だ、リオン。さすがだな。一部では方言がキツく、通訳が必要なケースがある。他国の言語ならまだ対応ができる文官もいるんだが、国内の訛《なま》りとなると逆にいないんだ」

デイブが首を振り、ソーコは自分達が依頼される事情を理解した。

「ああ、なるほど。それで私達ってこと」

「そうだ。天空城でケニーが使った『翻訳魔術』があれば、そこをカバーできる。それともう一つ、不測の事態に対応できる遊軍が欲しい。王国会議は今も言った通り、スタッフの多くが文官達で、俺様が動かせる人間は少ない」

「ぴぅー」

リオンの頭の上で、フラムが鳴く。

天空城——数ヶ月前に、エムロード王国の空に突如として出現した、浮かぶ城であり、ソーコ達とデイブは行動を共にした。ノインと出会ったのも、この天空城である。

古代語を使用するノインと会話が成立したのは、そのケニーが使用した『翻訳魔術』ということになっているが、実際はフラムの母親である火龍ボルカノが授けてくれた『言語の加護』に依《よ》るモノだ。

これはまだ使用できるので、デイブの要請に応えることは可能である。

ただ、ケニーとしてはデイブの言葉の最後が気になった。

動かせる人間が少ない、ということは、動かせる人間がいた方がいい、という風にとることもできる。

「それは……不測の事態が何か、起こる可能性があるってことですか？」

「分からねえ。だが、なんか引っ掛かってる」

デイブは不機嫌そうに、口を歪《ゆが》めた。

「直感は大事ね」

「ああ、大事だな」

「ぴぃ！」

ソーコとケニーとフラムが、同時にリオンを見た。

「そ、そこでどうしてわたしを見るのかな⁉　フラムちゃんまで⁉」

感性《センス》に関しては、リオンが頭一つ飛び抜けている、というのが本人を除く全員の統一見解である。

『なんとなく』は、馬鹿にはできないのだ。

「何も起こらないのが一番なんだ。張れる予防線は張っておきたいってとこだな」

デイブが、ソファの背もたれに身体を預けながら言う。

「私達は……別に構わないけど、冒険者が王国会議のスタッフにってなれるの？」

「それなんだが、ソーコの言う通り、冒険者としての参加は厳しい。俺様の推薦で、カー先生がスタッフ参加することになっているだろ？　その助手としてお前達が加わるという形になる」

カティ・カーが王国会議にスタッフとして加わることになったのは、デイブの言う通り、彼が手を回したのだが、これは単純に生活魔術の有用性を知っているからだった。

同時に宮廷魔術師筆頭、ハインテル・インテルが後押ししたというのもあった。

デイブは、このカーの立ち位置を利用するつもりらしい。

「え、ちょっと待って。冒険者として雇われるけど、形式としては魔術学院の生徒として参加……何だか、メチャクチャややこしくない？」

「……俺様も同感だが、一番角が立たない方法が、これだったんだ」

そういう意味では、冒険者ギルドの応接室ではなく、この生活魔術科の教室の方が、相談場所としては相応《ふさわ》しいとも言えた。

ただそうなると……ケニーは少し、憂鬱な気分になった。

「ってことは、戦闘魔術科のアリオス・スペードとも顔を合わせる可能性があるのか」

「管轄が違うと思うから、会わずに済まないといいねぇ……」

「やめてリオン。それフラグってやつだから」

ソーコも首を振った。

何にしろ、デイブの申し出をソーコ達は受けることにした。

何か起こるかもしれないというデイブの懸念が友人としても心配だったし、王国会議という滅多にないイベントにも興味があったからだ。普通、参加したくてもできないイベントである。

「まあ文官達は、ブラウニーズに悪感情は抱いていないはずだぞ。『エリーシ』が宮廷内でも運用されているし、王国会議にも導入されるからな」

「不労所得、ありがとうございます」

ケニーがデイブに両手を合わせて拝んだ。

『エリーシ』は、王都の冒険者ギルドに設置された人工知能型ゴーレムで、各部署の業務を一括《いっかつ》し、最適化して再分配する機能を有している。

以前、冒険者ギルドが忙殺された際、『ブラウニーズ』が依頼されてケニーが作ったモノである。

今や冒険者ギルドでは不可欠な存在となっており、この存在を知ったデイブが試験的に宮廷でも運用し始めたのだ。

結果、文官達の間でデイブの株が大きく上がり、製作者であるケニーの懐《ふところ》も潤っているのである。

「ケニー君、もう普通に一財産築けてるよね……？」

リオンが言うが、ケニーは肩を竦めるだけだった。

デイブが、話を戻す。

「王国会議のスタッフ……の助手レベルでも、一応研修はしてもらうことになるな。その辺のスケジュールについては、カーを通して伝えることにする。それとは別に、お前達を信頼して一つ、頼みたいことがある。これはある意味、今話した依頼よりも重要な案件だ」

姿勢を正すデイブに、これは相当真面目な話かもしれない、とリオンは緊張した。

が、ソーコとケニーはいつも通りだった。

「私達、できることしか、しないわよ？」

「内容自体は単純なんだ。難しいことは何もない。ただし、絶対に口外しないこと。そこがキモだな」

ふむ、とケニーが顎に手を当てて、考え込む。

「ってことは、王室案件ですかね？」

「え⁉」

リオンはギョッとした。

一方デイブは表情を動かさず、ケニーを見据えていた。

「どうして、そう思う？」

「いや、これはただの勘《かん》ですけど。国家規模の重要案件にするには、それこそこんな場所で話すとは思えないんですけど、その一方で殿下にしては妙に慎重なんで。半分公的、半分は個人的な事情が絡むのかな、と」

ケニーの答えに、デイブはふん、と鼻を鳴らした。

「ああ、合っている。兄上、それも王太子であるマッケン・ハイン・モーリエのことだ」

「それはまた、慎重なのも分かる案件ね」

リオンの想像を超えた内容だった。

「ちょ、ちょっと二人とも、どうしてそんなに落ち着いていられるの⁉　すごい内容だよ⁉」

「……何を今更《いまさら》。アンタの頭に乗っかってるのは、何の仔よ」

ソーコが、リオンの頭に乗っているフラムに視線をやった。

「ぴー！」

「う、うーん、それを言われると……でも、この国の一番偉い人達の話でしょ？　やっぱり緊張するし……」

「リオンが内容についてビビっているところを悪いが、俺達が今ここで相対しているのは、正にその一番偉い人達の一族だぞ？」

ケニーが、デイブを見た。

そう、リオンも大分麻痺しているが、デイブもれっきとした王族である。

「話をいい加減進めようか。その王太子なんだがな、今行方不明だ」

「サラッと重大事を話し始めたわね⁉」

ソーコが突っ込んだ。

「事件性はないんだ。マッケン兄上は放浪癖があってな。こういうことは、よくある」

「……ねえ、レイダーの件といい、この国の王族、大丈夫なの？」

本気で心配している風にソーコが尋ね、リオンがその肩を揺さぶった。

「ふ、不敬だよ、ソーコちゃん⁉」

「心配するのも無理はねえし、ウチの身内の性格がやたら濃いのも否定できねえ……何にしろ、失踪自体はいいんだ。いなくなる前に、書類仕事やらは完全に終わらせてる。不在時のフォローも文官達に根回し済みだ」

「しかし、それと心配するしないは、別問題」

ケニーの指摘に、デイブは頷いた。

「王国会議が間近に控えているのもあるが……本題はな、ここからだ。マッケン兄上は今度、隣国であるベリール王国の王女と結婚する。正確には、それが王国会議の場で各国に向けて発表される」

「えぇっ⁉」

「リオン、さっきから驚きすぎ」

一方まったく動じる様子のないソーコとケニーに、デイブの表情は少し引きつっていた。

「お前達二人は、もうちょっとこの国の王室に興味を持ってくれてもいいと思うぐらいだけどな。順番としては王国会議、そして国民への発表だ。まあわずかな時間の差だがな。だが、その前に王女との顔合わせが必要になる」

え、とソーコが驚いた。

「ちょっと待って。一度も会ったことないの?」

「王女が病弱で、国はおろか王城からも出たことがないほどらしい。見舞いをしようにも、感染《うつ》ってては大変と断られたっていう話だ」

「……或いは、別の事情があるのかもしれませんね」

ケニーが軽く唸った。

「分かるか」

「あくまで庶民感覚ですけど、さすがに全然会わないなんて不自然に思えますよ。王族同士の婚姻なんて政治的な事情が絡むんですから、トラブルなんてない方がいいに決まってます。そうした探られたくない何らかの事情を隠してるかも……って思っただけです」

「普通の結婚も、そうだけどね」

ケニーの疑念を、ソーコが混ぜっ返した。

「だから庶民感覚だって、先に言ってるだろ。そこまでして会わせないとすると……王女様にも、放浪癖があるとか」

「……まったく、笑えねえ」

デイブは、何か苦いモノを飲んだような顔をした。軽く頭を振り、香茶を口にする。

「少し話が逸《そ》れたな。とにかくだ。お前達への頼みってのは、単純だ。ウチの王太子を見かけたら、さっさと王城に戻るように伝えてくれ。最悪、発見報告だけでもいい。人相書きなら、ノインのタブレットに入れてある」

「――どうぞ」

ノインがテーブルにタブレットを置いた。

そこには茶髪の青年の人相書きが表示されていた。以前に関わった王族、レイダー・ハイン・モーリエに野性味を加えた感じの顔つきだ。デイブにも似ている部分がある。

ケニーがゴーレム玉のタマを出し、その人相書きを記録する。いざとなれば、空間上に表示させることが可能だ。

その間に、ソーコがデイブと話を進めていた。

「確かに難易度は低いけど、慎重で重要な案件ね。そういうことなら、受けるわよ」

「積極的に探してほしいってことじゃないんですね」

ケニーはタマを懐に戻し、デイブに向き直った。

「王国会議の前に戻ってくれる可能性と、半々だからな。基本は国の方で捜索しているんだ。冒険者が積極的に加わる案件じゃねえ。ただ、意識はしといてくれって話だな。もちろん、見つけてくれたら追加で報酬を払う」

「了解です」

デイブは立ち上がり、ノインを伴って教室を出て行った。

「ベリール王国かぁ……」

「リオン、知り合いでもいるのか？」

「うん、まあ、わたしの姉弟子の一人が、そっちの出身だったなあって思い出して」

「姉弟子ってことは、魔女の姉弟子？」

「うん。雷系統の攻撃魔術に掛けては、凄い人だったよ。ステラ・セイガルって名前なんだけど」

「聞かないな。今聞いた感じだと派手そうなんだが」

◇◇◇

森の中にある、リオンの師匠である魔女の家。

その裏手は少しだけ開けており、洗濯物を干したり、幾つかの薬草が植えられていたりする。

少し離れたところには、三つの木の板でできた的が用意されており——今、その一つが稲妻の一撃で貫かれた。

的はわずかに震動するも、稲妻のあまりの速さに倒れることはなかった。

「うわ、すごい」

そんな感想を漏らしたのは、幼い頃のリオンである。

その傍らには、背の高い少女が立っている。黒い髪は短めで、服も男物ということもあり、パッと見少年のようにも見える。

名前をステラ・セイガル。

リオンよりも前に、魔女に師事し、リオンの姉弟子に当たる。

彼女は木の的に向けていた、右の人差し指を下ろした。この指から、稲妻が放たれたのである。

「リオン、お前もこれぐらいはできるようになれ。攻撃魔術があれば、弓など用意する必要はなくなるぞ」

「う、うーん、でも、わたしは弓の方が慣れているし……」

「慣れという意味ならば、攻撃魔術も同じだ。やらなければ、慣れることもない。まずは、発動させるところからスタートだ。何、別に雷に拘《こだわ》ることはない。リオンが最も得意な系統で始めればいい」

「リオンに余計な入れ知恵をするんじゃないよ、ステラ」

師匠は目を細め、ステラに杖を突きつけた。

ステラは表情を崩しはしなかったが、わずかに身体が仰《の》け反《ぞ》る。リオンには、師匠の杖の先端に何らかの攻撃的な魔術が付与されているのかな、と何となく思った。

「師匠、それは誤解だ。私は純粋な善意でリオンに攻撃魔術を勧めている」

「それを、余計な入れ知恵って言うんだよ」

「だが、リオンは座学に森の賢人の使役が中心で、実戦経験に乏しい。身を守るため、それに生活のためにも、戦闘力はあって損はない」

「お前とリオンでは、魔術を学ぶ目的が違うだろう？　お前は解呪と、儀式に必要な素材を入手するため魔物に立ち向かう手段としての魔術。リオンは生活のための魔術だ」

「生活のためと言うが、やはり護身用に憶えておいて損はないと思うのだが」

「じゃあ一応聞くが、どんな魔術をリオンに仕込もうっていうんだい？」

「広域殲滅魔術を二、三はあった方が」

「この子の生活に必要ないよ‼」

師匠の杖がステラの顔に迫るが、ステラは間一髪わずかに屈んで、杖の先端を回避した。

「本当に、あって損はないと思うのだが」

ステラの右拳が輝いたかと思うと、師匠へと襲いかかった。

が、師匠の杖が一瞬早く振るわれ、雷光の拳を弾き飛ばす。

「それを習得する時間で、他の生活用の魔術をどれだけ憶えられると思うんだい……」

ステラの攻撃は、右だけではなく左の拳に蹴りまで加わってきたが、師匠は顔色一つ変えず、その猛攻を凌《しの》ぎきっていた。

ステラの方も表情は変わらない。会話のテンションは普段と同じノリなのに、手足の動きだけが雷の攻撃魔術の付与された一撃必殺である。

「私は、生活用を一つ憶える間に、戦闘用の魔術を四つぐらい憶えられるが」

「……人には得手不得手があるって、これほど説得力のある見本はそうはないよねえ。とにかく、リオンには、これから薬作りの座学が待っているんだ。攻撃魔術の講義はおしまいにしな」

師匠が地面に杖を叩き付けると、影が触手のように伸びてステラを絡め取ろうとした。これは食らっては堪《たま》らないと、さすがのステラも後ろに飛び退《の》いた。

「薬なら、私も作れるぞ」

「爆薬は必要ないよ⁉　その『何故分かった⁉』みたいな顔はやめな！」

「あ、あはは……」

これが、リオンの幼い頃の日常であった。

◇◇◇

デイブとの話があってから、その翌日。

「今頃、どうしてるかなぁ……」

リオンが幼い頃のことを思い出したのは、山の中にいるからだろう。

ここは、王都にほど近い場所にある小山だ。歩いて数時間ということもあり、初心者から中級者の冒険者は、ここでよく素材の採取や獣を狩ったりと、ちょっとした人気の場所でもある。

木々に囲まれた環境は、師匠の家の周辺に何となく似ている。

空を見上げると、木々の間から青い空が覗いていた。

散策というか、探索日和だ。ハイキングと呼ぶには、ちょっと道なき道を歩きすぎている。

そんなことを考えていると、少し先を歩いていたケニーとソーコが、こちらを振り返っていた。

「どうした、リオン。ボーッとして」

「ボンヤリしていると、木の根か何かに足引っかけて転ぶわよ。フラム、しっかり見張ってて」

「ぴ！」

フラムが、リオンの頭上で鳴いた。

「ごめんごめん。ちょっと昔を思い出してただけ」

なるほど、とケニーが頷いた。

「リオンが初めて言葉を発したのは、生後五日のことで……」

「そんな事思い出してないし、五日で喋ったとかそんな事実はないよ!?」

しみじみと語り始めるケニーに、リオンがツッコんだ……が。

「いや、リオンならもしかして」

「ぴぃ……」

ソーコとフラムは、大真面目な顔で頷き合っていた。

「真面目に考え込まないでくれるかな!?」

「何、半分冗談だ。それよりも目的のキノコを見逃さないでくれよ。俺達だって探しちゃいるが、この手の採取依頼で一番頼りになるのはリオンなんだから。……『キノコはどこだ』で探すと目的のキノコ以外も全部検索に引っ掛かるし、かといってキノコの固有名詞だと余裕で七文字超えちゃうからなあ」

「……最初の半分冗談ってところには突っ込まないからね」

リオンは自分でも珍しく、スルーすることにした。ツッコんだら、話がさらに長くなりそうだからだ。

「せっかく潜ませたボケを気付かれたわね、ケニー。フラム、つまみ食いはいいけど、依頼の品は食べちゃダメよ？　あと、ボルカノさんの話だと毒キノコも麻痺キノコも効かないらしいけど、だからといってわざわざ食べるのも無しだからね！」

「ぴあ！」

木の根に生えたキノコにフラフラと近付くフラムに、ソーコが声を掛けた。

そんな二人のやり取りを聞きながら、リオンは空を見上げた。いい天気だ。

「ふぅ……集中しないとね。んー……目的のキノコはないけど、常設依頼で買い取ってくれるキノコや薬草が幾つかあるね。——『影人《シャドウ》』。ソーコちゃんはあっちに生えてる紫色の薬草回収をお願い」

「了解」

リオンは、自身の影を触媒とした使い魔『影人《シャドウ》』を三体出現させ、生えているキノコの回収を行う。

ソーコも亜空間に、キノコを収納していく。

ケニーは何をしているのかというと、二人とフラムがキノコ採取をしている間は、周囲の警戒に努めていた。実際に動いているのは、ケニーの周囲に浮かんでいる複数の球——ケニーの使い魔であるゴーレム玉のタマではあるが。

この小山は獣の他、弱い部類のモンスターも出現することがある場所なのだ。

「獣、モンスターの類《たぐい》の気配はなし。平和で結構——」

「——ケニー君、そっちの茂み」

リオンが呟くと、ケニーから少し離れた場所の茂みが微かに動き、タマの一つが震動をケニーに伝えていた。

「何でタマより早く気付くかねぇ……誰かいるのか？」

タマが茂みを掻き分けると、軽戦士風の格好をした茶髪の青年が倒れていた。

その彼の傍らには、鞍を着《つ》けた白い馬も同じように倒れていた。

冒険者だろうか、その手には、囓った跡のあるキノコがあった。白馬の鼻先にもあった。

「大体何が起こったのか、想像がつくな」

「私もよ。フラム、人間が良くない食べ物を口にするとこうなるの。憶えておいて」

「ぴ！」

「って、そんなこと言ってないで手当てしようよ⁉」

冷静なケニー達に、リオンはツッコむのだった。


十分後。

森の中でも少し開けた場所で、リオン達は休憩を取ることにした。ちょうど昼食にもいい時間

だったこともあり、ピクニックシートを広げて、リオン達と青年はサンドウィッチを中心とした弁当を囲んでいた。

ケニーだけはやや離れた場所で、イヤホン型の遠話器を使っていた……がまあ、青年には聞こえない距離だろうし、何をしているかはパッと見、分からないだろう。

リオンの介抱の甲斐もあり、青年は意識を取り戻すことができていた。

名前はシンというらしい。

パッと見、二十代の半ばぐらいだろうか、しかし無精髭を剃《そ》ればもっと若そうにも見える。

「いやあ、助かった。しかし、おかしいな。コイツには体力回復の効果があったはずなんだが」

リオンの与えた栄養剤が効いたようで、シンはすっかり元気になり、香茶を啜《すす》っていた。

シンが齧ったキノコの正体はもう、リオンには分かっていた。

「ああ、そのキノコはよく似ているんですけど、麻痺効果がある違う種類なんです。弱いモノなので、数時間で効果は抜けますけど、途中でモンスターに襲われなくて良かったですよ」

「運が良かったってことか」

渋い顔をして、シンはキノコを持つ手に力を込めようとした。しかし、それをリオンは制した。

「あ、捨てるのは勿体《もったい》ないですよ。モンスター相手の罠に使えますし、医療用には麻酔薬の原材料にもなるんです」

「ほほう、勉強になるな」

リオンに言われ、シンは手の力を緩めた。

「ソロでやっているんですか？」

「いや、ちゃんと相棒はいるぜ。ウィンディーナだ」

「ブヒヒン」

シンの後ろで足を崩して休んでいた白馬が、短く鳴いた。

「馬じゃない……」

ソーコが、呆《あき》れた様子で呟いた。

だがシンは気を悪くした様子もなく、むしろ得意げにウィンディーナを親指で指した。

「馬だからって侮《あなど》るなよ？　コイツは天馬の血を引く由緒正しい馬でな。俺がピンチの時は空を飛んで駆けつけてくれるんだ」

ソーコがウィンディーナの背中を見たが、羽は生えていなかった。

「本当かどうかよく分からないわね。食中毒のピンチは助けてくれなかったの？」

「いや、それは、さすがに空飛んでもどうにもならねえっていうか……」

気まずそうに、シンは頭を掻いた。

なおウィンディーナもシンと同じく、麻痺キノコにやられて倒れていたのを、シンのすぐ傍で発見されていた。

「ぴぅー」

「ぶひん」

サンドウィッチを二つ持ったフラムが、ウィンディーナに近付いていく。二頭で仲良く食べるつもりらしい。

そこに、耳を押さえながら、ケニーが近付いてきた。

遠話器の通話相手との話はもう、終わりかけのようだ。

「あ、やっぱり合ってるんですね」

シンを一瞬見た後、再び遠話器に集中する。その手にはいつの間にか、手鏡があった。

「なあ、アレは一体、何してるんだ？」

「少し離れた場所にいる相手との、確認作業よ。気付いたのはリオンだったんだけど、間違いだったらちょっと大変だから、念のため頼んでおいたの」

サンドウィッチを囓りながら、ソーコが言う。

「頼んだ？」

「いわゆるツラ通しってやつね」

目を瞬《またた》かせるシンに、ケニーは手に持っていた手鏡を向けた。

「ってことでこちら、貴方の弟君であるデイブ殿下です――マッケン・ハイン・モーリエ王太子殿下」

『よう、兄上』

手鏡には、シンの顔ではなく、エムロード王国の王族である、デイブ・ロウ・モーリエの姿があった。

「うわぁっ、デイブ⁉ な、ななな、何で……」

シンはその場に引っ繰り返りそうになった。落とし掛けた香茶入りのコップを、フラムがキャッチする。

「ぴ！」

そんなフラムを見て、シンはハッと目を見開いた。、

「フラム……そうか、三人の生活魔術師と空飛ぶ小動物の冒険者パーティー！　お前達は！」

『ご苦労だったな、ブラウニーズ。兄上も普段だったらピンときてたんだろうが、キノコのせいで頭も少し、麻痺してたか？　あと、一応変装はしているみたいだが、さすがに身内には分かるぜ』

ふん、と鼻を鳴らす手鏡の中のデイブを、ケニーが覗き込んだ。

「解《と》いた方がいいですかね」

『やってくれ』

「では──『変装解けろ』」

ケニーが『七つ言葉《セブン・ワード》』を呟くと、シンの茶黒髪が銀色に、瞳も赤みを帯びたモノに変化した。無精髭も消えてしまう。

なるほど、こうして見ると、体型はともかくシン──マッケン・ハイン・モーリエと、どことなく似た雰囲気の容姿をしていた。

「うわ、強制解除とかケニー・ド・ラック、不敬だぞ！」

前髪の色が変わったことで、マッケンは自身の変装が解けたことを察したようだった。

『心配するな、ケニー。俺様が許す。何なら国王陛下もこっちの味方になるぞ』

王族二人の板挟みにあるケニーは、肩を竦めた。

「……でなきゃ、やりませんって。断頭台行きは嫌ですからね」

マッケンは、諦めたようにため息をつき、自分の髪をボリボリと掻いた。

そして、手鏡の中のデイブを見る。

「まあ、解けたところで今更ではあるがな。だいたいみんな、心配性過ぎなんだよ。俺が今まで一度だって、重要な会議や祭典に間に合わなかったことがあるか?」

『一度もない……が、毎度毎度ギリギリで、王宮勤務の文官達の胃に穴を開けているだろう? 心臓に悪すぎる。そもそも間に合う間に合わない以前に、普通こうした行事の期間は王宮にいるモノなんだよ』

「……人生にはスリルが必要だと思わないか?」

『時と場合と立場によるだろ』

デイブの言葉に、ケニーはうんうんと頷いていた。

「この場合、三つ目が特に大事ですね」

これに関してはリオンもまったく同意するモノだった。

「くそ、ここにはウィンディーナしか味方がいねえ!」

「あの、ウィンディーナちゃんも、デイブ殿下に賛同しているみたいですけど」

「ぶひん」

マッケンが愛馬を振り返るも、ウィンディーナもまたサンドウィッチを齧りながら、頷いていた。

「孤立無援じゃねえか‼」

「でも実際、重要な行事の時ぐらい、王宮で待機していた方がいいんじゃないですか？　何だってまた、文官の人達に余計な仕事を増やしているんですか」

ケニーが呆れた声で、正論を放った。

『……非公式に騎士団も動かしているから、武官もだぞ』

さらにデイブが追い打ちを掛ける。

「だって、一ヵ所でジッとしているとか、落ち着かねえんだよ。冒険者稼業は、いいストレス発散になるんだ。息抜きしねえと、それはそれで俺の胃に穴が開くぜ？」

「子どもじゃないんですから……」

「メンタルは完全に、ヤンチャなガキ大将ね」

ソーコが、言い得て妙な表現をした。

まあ、息抜きは大事だということは分かるけど、もう少し穏やかな方法もあるんじゃないかなぁ……とリオンは思った。

『兄上の婚約相手との、顔合わせもあるんだ。向こうが到着してから、こっちが留守ですじゃ言い訳も大変だろ』

「それは考えただけでも面倒くさいわね。これはマッケン殿下の代わりに、文官達の胃に穴が開くわ」

「ベリール王国の日程は確認済みだ。ウチの国までの距離も考えると、まだあと半日余裕がある。

手続きの時間も込みで、顔合わせをするなら明日だろうよ」

『……そういうところは、しっかり頭働くんだよなあ』

デイブが深く息を吐いた。

「それに、さっき麻痺キノコで倒れてたし、下手したら間に合わなかった可能性もあったんじゃない？」

「この山のキノコで、致命傷になるキノコはない。オレが食べて麻痺したキノコも、数時間でその効果は切れるってリオンも言っていただろう？　ちゃんと、明日の顔合わせには間に合わせてた」

ソーコの疑問に、マッケンは憮然とした表情で答えた。

「マッケン殿下は、結婚に乗り気じゃないの？」

「ズバッと聞くなあ。王族は婚姻も仕事だからな。そりゃ相手がいいに越したことはないが、正直どうでもいいというか、やる気はあんまりないな。あ、これ黙っといてくれよ？　一般市民に聞かれると、人気に関わる」

「そこの自覚はあるのね……」

一応、わたし達も一般人なんだけどなあ、とリオンは思ったが、ここで口を挟むとややこしくなりそうだったので、黙っておいた。

「だから、仕事はちゃんとするっつってんだろ。あと、冒険者稼業は息抜きもあるけど、庶民の感覚を肌で感じるっていう目的もあるんだよ」

マッケンの言い分に、デイブは目を細めていた。

『その建前が白々しく聞こえるレベルの脱走癖を、何とかしてもらいてえなと、関係者はみんな思ってるんだがな』

「……ハーッ、見つかったからにはしょうがねえ。お前の面子《めんつ》もあるだろうし、戻ってやるよ。ここで俺が逃げ切ったら、それはそれでコイツらの立場も悪くなりそうだしな」

不承不承という感じで、マッケンは立ち上がった。

「あら、逃げ切れるつもりなの」

本当に意外そうに、ソーコが言う。

「ちょっ、ソーコちゃん！　相手王族！　もうちょっと口の利き方考えよう」

「ホントに今更レベルだけどな」

ボソリと、ケニーがツッコんだ。

と、そこでリオンの耳に、か細い悲鳴が入ってきた。

思わず立ち上がり、そちらに集中する。

「あ……っ！　フラムちゃん！」

「ぴ！」

さすがフラムは反応が早く、リオンの意を汲んで高く飛び上がった。そのまま悲鳴のした方角へと飛んでいく。

「何だ敵かモンスターか？」

装備を手早く整えたマッケンは、愛馬であるウィンディーナに跨がった。その後ろでは、ソーコがピクニックシートを亜空間に収納している。

「分かりませんけど、悲鳴が聞こえました！　多分、この森を抜けた先です！」

「ウィン、森の向こうとは厄介だが突き進め！」

「ひん！」

マッケンを乗せたウィンディーナが、森に向かって駆け出す。

リオンが装備の中から霧吹き器を取り出すと、それを見たケニーが頷いた。

「ケニー君、お願い！」

「――『噴き進め、風』」

リオンが、霧吹き器の引き金を引く。

ケニーの『七つ言葉《セブン・ワード》』が、霧吹き器の中身である除草剤を、森に向かって広く噴霧していく。

ただの除草剤ではない。植物を枯らせることなく、吹き付けた部分の植物を一時的に曲げ、そこに空間を作り出す効果があるのだ。

そしてその効果は覿面《てきめん》で、森の一部がトンネルのように拓《ひら》かれ、その奥には光が見えた。

「おいおいおい、何だこりゃ⁉」

「除草剤の一種です。ケニー君が使ったのはえーと、風属性の『空調』っていう生活魔術の強化版というか」

「説明するより、走った方がいいんじゃない？　私は先に行くわね。マッケン殿下も――」

ソーコが転移術を使い、その場から消えた。

「分かってる、ウィン走れ！」

「ひぃん！」

マッケンも声を掛け、ウィンディーナは駆け出した。

残ったのは、ケニーとリオンである。

「……さすがに王太子の前で空飛ぶ箒《ほうき》は無理だな。俺達は、地道に走るか」

「……そうだね」

少しずつ、トンネルを作っていた木々が元に戻りつつある。除草剤の効果が切れる前に、リオン達も森の向こうへと走り始めた。

◇◇◇

リオン達が森を抜けると、そこは少し小高い丘のような場所になっていた。

眼下には片輪の外れた馬車があり、その周囲には戦闘の跡があった。

「お疲れ。もう終わっているわよ」

「ぴぃ！」

ソーコは何事もなかったかのようにこちらに軽く手を振り、フラムがリオンに向かって飛んできた。

「仕事が早いな……ふぅ」

フラムを抱き留めるリオンの後ろで、ケニーが息を整えていた。

二人で、丘を降りる。

「ゴブリン相手に過剰戦力もいいところだわ。フラムもいるでしょ。マッケン殿下が加わって、あの馬車の護衛っぽい人も雷魔術かしら、かなりの使い手だったわ。それよりリオン、その人をちょっと診《み》てくれる？」

「ううぅ……」

ソーコの指差す方向には、岩を抱くようにしてうずくまった、品のよさそうなふくよかな老婆がいた。質のよさそうな服装からして高貴な人の世話係か何かだろうか。

「怪我人……じゃないね？　外傷は見当たらないけど……えっと、もしかして腰ですか？」

「うう、ひ、姫様は無事ですかいの……？」

老婆は頷いた。

なるほど、ソーコの時空魔術は患部の一部の時間を戻したりと傷の手当てにも使えるが、長く患ってきた持病の類には不向きなのだ。

老婆の腰の様子を見ながら、リオンは首を傾げた。

「姫？」

「この馬車、隣のベリール王国のだな。扉に紋章が刻まれてある」

ケニーが、馬車の側面にある紋章を指摘した。

ちょうどついさっき、聞いた国名である。

「ベリール王国って、まさか……あ、えっと、お婆さんの腰、ケニー君が治しちゃう？」

「いや、短期的には俺の方が手っ取り早いが、再発を防ぐなら、リオンの作っている塗り薬の方がいいと思う。……どうも『七つ言葉《セブン・ワード》』が使えないみたいなんだ」

「え!?　それって大変なんじゃない!?」

平然と重大なことを言うケニーに、リオンは驚いた。

その反応に、ケニーは何かに気が付いたのか、小さく手を振った。

「ああ、いや、もしかすると勘違いされてるかもしれないから補足すると、『七つ言葉《セブン・ワード》』自体は使えるんだ。あの婆さんに、通じないってだけで」

ケニーの話では、『腰痛治れ』と呟いては見たものの、老婆には弾かれてしまったのだという。こういう失敗は珍しいのでもう一度試してみたが、やはり駄目だったのだという。

「魔術的なモノが通じないってことかな？」

「まあ、稀《まれ》にそういう人もいる。何にしろ、魔術が駄目でもリオンの作っている塗り薬なら、何とかなるだろ。それで駄目なら事情を聞いて、安静にしてもらおう」

「分かった。それが一番良さそうだね」

リオンは、懐から塗り薬を取り出した。

複数の薬草を組み合わせたこの塗り薬は、打ち身や捻挫《ねんざ》に高い効果があるのだ。

老婆に頼んで、背中を出してもらっていると、誰かが近付いてきた。

タキシード姿の、スラリとした麗人だ。

「リオンではないか」

「え？　——ステラ姉さん？」

顔を上げると、つい先刻、思い出していた姉弟子——ステラ・セイガルの姿があった。

当たり前だが、記憶にあるステラより、何歳分かの成長はしている。

「うむ、お前の姉弟子だ。リオンは、どうしてこんなところにいるのだ？」

「どうしても何も……たまたま通りすがった的な……って、ああ、それどころじゃないよ。先にこの人の治療を済ませないと！」

「痛《い》つつ……」

老婆を背中むき出しのまま、放っておく訳にもいかない。

リオンは塗り薬を、その背中に塗っていく。

「バーサ、無理をするな。まったく無茶をする……いい歳なのに丸太など持って戦おうとするから、こうなる」

それは確かに、年寄りにはキツそうな戦い方だ。

もう少しマシな武器はなかったのだろうか。

そうは思っても、今更である。老婆は無理をして、結果腰痛になった。過ぎたことを悔やんでもしょうがない話であった。

「まあ、負傷者は出なくて良かったって、ポジティブに考えた方が良さそうね。リオン、貴方がこの間作った湿布も出していいわね？　確か腰痛とかに効くって言ってたやつ」

「あ、うん、お願い。塗り薬と併用して大丈夫な奴だから。……あれ、何でその馬車、ステラ姉さんの魔術で封じられてるの？」

「え、そうなの？」

驚いたソーコが、リオンを振り返る。

リオンの目には見えるのだが、馬車には雷で編まれた網が張られており、扉が開かないようになっていた。

「中に、ウチの姫様が入っているんだ」

「あ、モンスターから守るためなんだ」

それなら納得、と思ったリオンだったが、ステラは首を振った。

「違う。物理的な封印だと脱出してしまうからだ。自分も戦うと、言って聞かなかったからな」

つまり、外部からの干渉を遮断するためではなく（その意図もあったかもしれないが）、中の人間が飛び出さないようにするためだったらしい。

リオンはソーコやケニーと顔を見合わせた。

代表して、軽く手を上げたのは、ケニーだった。

「……ベリール王国の国民ってみんな、そんな好戦的なんですかね？　あ、俺はケニー・ド・ラック。リオンは知っているみたいだから……こっちはソーコ・イナバ。リオンのクラスメイトで友人です」

「私はステラ・セイガル。リオンの姉弟子であり、現在はベリール王国のリコ・ナキ・ラクス第三王女の護衛を務めている。あと今、そこで唸っているのはバーサ。姫の世話係だ」

「姫ということは、俺の婚約者か。俺はマッケン・ハイン・モーリエ。このエムロード王国の王太子だ」

互いに紹介し合っていると、フラムとウィンディーナを伴った、マッケンがやってきた。

剣を納めているところを見ると、モンスターの残党がいないか周囲を警戒していたようだ。

「ぴぃ！」

仕事した！　とフラムがリオンの胸元に飛び込んでいた。

そんな中、ステラは分からない、と眉根を寄せていた。

「……失礼。何故、この国の王太子が、冒険者の格好をして、この場にいるのだろうか」

「まあ、気持ちは分かります。でも、本物です」

ケニーが、マッケンを擁護する。

王族の詐称《さしょう》は極刑に処されることもあるし、マッケンの容姿もある程度は聞いているのだろう、ステラは困惑はしているが身分自体を疑っている様子はないようだった。

マッケンは頷き、馬車を見た。

「ここで会ったのも何かの縁なのだろう。妻となる女性に挨拶をしておきたい。いいだろうか」

「少々お待ちいただきたい。まずはこの封印を解かなければなりませんので――」

ステラが指を鳴らすと、馬車を包んでいた雷の網が弾けて、空気に溶けるように消えた。

その途端、馬車の扉が勢いよく開き、ドレス姿の少女が飛び出してきた。

「――ちょっと、ステラ！　いくら何でも魔術で封印は反則……」

白金色の髪に金色の瞳を持つ、お伽噺《とぎばなし》から飛び出してきたようなお姫様だ。彼女が、ステラの言うリコ・ナキ・ラクス第三王女なのだろう。

リコ姫はステラに抗議しようと外に出て、マッケンを見て固まった。

「…………」

一方、マッケンも固まっていた。

どちらも、顔がみるみる赤くなっていく。

待つことしばし。

ため息をついたのは、ソーコだった。

「どっちか何か言いなさいよ」

「は、ははは、はじ、はじめまして。俺、いや、ボク、違う私はマッケン・ハイン・モーリエだ、でしゅっ」

マッケンが口元を押さえた。

「盛大に噛んだわね」

「はははじめましてリコ・ナキ・ラクスですご挨拶ありがとうございますはじめましてご丁寧な挨拶ありがとうございます」

リコ姫は、ペコリと頭を下げ、上げたかと思うと、再び頭を下げた。

「姫、落ち着いてくれ。同じ台詞を繰り返している」

こちらのフォローは、ステラが入れていた。

マッケンは、リコ姫に背を向けた。

「え、マジで彼女が俺の婚約者なのか？　嘘だろ可愛すぎるだろ。神に感謝すべきか？　ありがとうありがとう俺の稼ぎ、全部教会に喜捨させていただきます」

跪《ひざまず》き、神に祈り始めた。

背を向けたということはつまりリオン達の方を向いたということで、マッケンの呟きはリオン達には丸聞こえであった。

偶然だが、ケニーの前である。

一方、リコ姫もマッケンに背を向け、ステラに相談していた。

「ちょっ、ステラ。あの人が私の婚約者なの嘘でしょ？　どどどうしよう格好良すぎて直視できないよ。ステラ代わりに見て、いややっぱりそれは無し！　ステラが惚れちゃったら戦わなきゃならないし」

「姫、安心してくれ。私が姫の婚約者に懸想《けそう》する予定は一切ない」

一応こちらも、ソーコ達に聞こえているかは分からないが、リオンにはしっかり聞こえていた。

「そんな！　マッケン様だよ!?　あんな素敵な人に惚れないはずないじゃない!?」

これは誰かが何とかしないと、ずっとこのままのような気がする。

そんな風にリオンが考えていると、ケニーがパン、と手を打ち合わせた。

「……とりあえず、二人の相性が悪くないってことは、何となく分かった。両国共に、そういう意味では喜ぶべきなんだろうな」

それはまあ、そうなんだろうなあと、リオンも同意した。


ケニーの手拍子のおかげか、マッケンも落ち着きを取り戻したようだった。

「コホン……と、とにかくまずは王城に向かおうか」

ただ、チラチラとリコ姫に視線をやっている。

少し離れている、リコ姫も同様だ。

ただ、ここにツッコむと長くなりそうなので、リオンは黙っておくことにした、

「あら、殿下。ついさっきまで、帰りたくなさそうだったのに？」

からかうようにソーコが言うと、マッケンはブンブンと首を振った。

「さっきまでとは状況が違うだろうが！　リコ姫の安全が最優先だろ！」

「よ、よろしくお願いします」

顔を真っ赤にしたまま、リコ姫が頭を下げる。

「おや、姫。街中の観光はよろしいのですか？　ドレスが窮屈だし、早く着替えたいと言っていたような気もしますが」

ソーコと似たような口調で、ステラが言う。

「んなっ！　それは、その、あれだよ！　まず、するべきことを優先してからです！」

「了解しました。王太子殿下。本来ならそちらの王城に入ってから話すべき内容なのですが、状況

的に今話してもよさそうなので、姫の体質について話しておきましょう」

ステラはリコ姫に頭を下げると、マッケンに向き直った。

「体質？」

「ええ。姫は子どもの頃に魔物になる呪いを受けました。これ自体は解呪を済ませ、解決されています。解呪したのは私なので保証します」

そこで、ステラはリオンを見た。

なるほど、ステラが師匠の弟子になった理由はリコ姫なのだなと、リオンも理解した。

そして目的は達したが、新たな問題が生じているらしい。

「話の流れからすると、呪いに関係する別の何かが存在するということだな」

「ええ、魔物を引き付ける体質が残ってしまいました。基本、魔物除《よ》けの結界の張ってある、我が国の王都などでは問題ありませんでしたし、そちらの王都も同じだと聞いています」

「確かに、ウチにもあるな」

王都や大都市には、魔物除けの結界が張られている。

特に珍しくない、一般的な知識である。

「ただ、こうして王都の外に出る場合は、そうも行きません。そういう時のために、私のような護衛がついているのですが……道が荒れていて、車輪が外れたのは不運でした」

そして、馬車が立ち往生をしている間に、モンスターに襲われたというのが、今回の事件の流れだったという。モンスターの襲撃は偶然の可能性もあるが、リコ姫の体質が原因かもしれない、というのがステラの話であった。

「確かに。これは、道路の整備を全力でしなければならないな！」

グッと拳に力を入れ、マッケンが力説する。

「……純粋に政治的な発言なのか、メチャクチャ私情が交じっているのか、判断が難しいわね、これ」

「……思ってても言うなよ、ソーコ」

呆れたように呟くソーコに、首を振るケニー。

ただ、話はまだ終わっていない。

「とにかくこの体質のこともあって、姫は今回の婚姻自体乗り気ではありませんでした」

「や、そ、そそそ、それはそうだったかもしれないけど、そうじゃないというか、相手を見てからじゃないと判断がつかないって話でして！」

リコ姫は慌てているが、否定し切れていないところをみると、少なくともさっきまではステラの言う通り、乗り気ではなかったようだ。

今はどうかというと、前向きっぽくはある。

そして、それはマッケンも同様だった。

「なるほど。だが俺は気にしないぞ！　腕ならそれなりに自信があるからな！　まあ、まずはその体質に関しては、こちらの国でも調べてみよう」

「あ、ありがとうございます」

力強く宣言するマッケンに、リコ姫が頭を下げる。

それを見ながら、リオンはコソッとケニーに囁いた。

「ケニー君、（『七つ言葉《セブン・ワード》』で）どうにかならないの？」

「呪いならどうにかできそうだけど、体質は厳しいな。体質っていっても、色々あるだろ？　良いモノ悪いモノ、まとめて取り除くのもよくないだろうし」

「それは……確かに」

個別にとなると、『七つ言葉《セブン・ワード》』……増幅して『十つ言葉《テン・ワード》』でも足りなさそうだ。

「ぴぅん」

フラムが不満そうに鳴く。

「ああ、そうねえ。フラムも呪いだけなら焼けちゃえそうだけど、体質はねえ」

ソーコにも、フラムが何を言いたいのか伝わったようだ。

フラムの炎は、焼く対象を器用に分けたりできるが、やはりケニーと同じように個別の体質を焼く、というのは難しいらしい。

「では、婚姻については、本人達は前向きに進めていくということでよさそうですね。そうなるとあとは、世話係の問題だけです。姫様の体質のこともあり、役割を担える者が限られているのですよ」

本来の世話係であるバーサは、腰痛で今は動けない。

代理の人材が必要であった。

「王都の中なら大丈夫なんじゃないの？　あ、いや、外に出ることもあるか」

ソーコの疑問に、ステラが首を振った。

「それもあるが、そもそも『魔物を引き付ける体質』というのは、例え王都の中、さらに魔物除けの護符を持っていても、忌避されてしまうのだ。幼い頃から世話係を務めてくれていたバーサは、例外と言ってもいい。口が固くて、世話係としても優秀で、望むならばもし万が一モンスターが出現した時に戦力ともなる。そんな都合のいい存在は、そうはないぞ？」

話は一旦《いったん》、王城に入ってからということになった。

ちなみに外れた車輪は、『力人《アーム》』による持ち上げと、ケニーの『七つ言葉《セブン・ワード》』による修復であっさり解決したのであった。

◇◇◇

数刻後、エムロード王城の客間。

リオン達は、後ろにノインを控えさせたデイブ・ロウ・モーリエと向き合って、ソファに座っていた。

「ブラウニーズに新しい仕事を依頼したい。王太子絡みだ」

「そうなると思いました」

ケニーは、諦め半分の苦笑いを浮かべた。

「後は、カー先生だな。戦力としてはともかく、こういう仕事にはうってつけだろう。まあ王立会議の方で力になってもらっていることもあるから、調整は必要だな」

デイブが背もたれに身体を預けながら言う。

「でも、私達もずっとって訳にはいかないわよ？」

ソーコの言うことももっともで、リオン達は学生である。

今のところ王族に仕える予定は三人とも（あとフラムも）ないので、長期間の世話は難しい。

それは、デイブの側も承知の上だろう。

「分かっている。この王国会議の間に、新しい世話係の候補を探す。駄目だとしても、バーサといったか、あの老婦人が復帰するだろうしな。もっとも、あの人も歳だ。後継は必要になるだろう」

ソーコは腕を組み、小さく唸った。

「……ちょっと分からないんだけど、ああ、下手したらこれ王族批判になっちゃうかもしれないけど、この質問いいのかしら」

「構わねえよ。言ってみろ」

「いや、リコ王女ってモンスターを引き寄せる体質なんでしょ。そういうデメリットがある上で、何でまたこちらの王太子の嫁に迎え入れたのかが、ちょっと分からなくて。人柄とかは悪くなさそうだけど、他に候補はいなかったの？」

「ああ、そのことか。彼女には悪いが、当然の疑問だな。じゃあ今はものすごく結婚に乗り気になっている兄上だが、ちょっと前のことを考えてみてくれ。結婚を渋っていただろう？」

「とても、面倒くさそうでした」

リオンの言葉に、ソーコとケニーも頷いた。

「ぴぃ」

リオンの頭の上では、フラムも二人を真似《まね》ている。

「そんな兄上が、自分の結婚相手としての提示した条件が、結構な無理難題でな。自分と同じ王族であること、性格面から容姿も具体的に挙げ、教養も充分で自分の趣味、ああつまり放浪癖だな、これに理解がある女性で……まだ、必要か？」

指折り数えていたデイブが、顔を上げた。

「つまり、マッケン殿下、本気で結婚する気なかったたってことね」

まさか本人も、その高すぎる理想に該当する女性がいるとは思わなかっただろう。

「本人的には、まだ早いという気持ちだったんだろうな、というのは分かる。何だかんだでギリギリになったらする、というのは性格的に分かるんだが、そのギリギリまで待たされる方の身にもなって欲しいぜ」

リオンの頭の中には、何十人もの文官達が、胃の辺りを押さえている光景が浮かんでいた。

「そして、その細々とした条件に該当したのが、リコ王女だったたってことですか」

「ウチの親父も、まさか本当に兄上の条件通りの相手が現れるとは思わなかったらしくてな。兄上は無理難題を言っている。一方、ベリール王国側からすればリコ王女の体質を考えると、結婚相手を探すのは難しい。互いの利害の一致もあって、とにかくまずは会わせてみようということになったって訳さ」

「でも、どちらも乗り気みたいで、良かったですね」

「兄上の放浪癖が治った訳じゃないが、ひとまずはな」

デイブは大きく息を吐いた。

◇◇◇

ノースフィア王立大会議場。

サフォイア連合王国の王国会議が開催される会場であり、開催に向けて関係者が忙《せわ》しなく行き来している。

そんな中でも防犯の観点から警備部門は既に仕事が始まっており、見習いとして参加することになった戦闘魔術科の生徒、アリオス・スペードも立哨《りっしょう》に就いていた。出入り口に立ち、不審者がいないかどうかを監視する業務である。

「チッ、暇だな」

あまりの退屈に、アリオスは思わず舌打ちした。

「いいことじゃないか。まだ準備期間だからいいけど、本番では口に出すのはもちろん、顔にも出すなよ」

アリオスとペアを組んでいる騎士スタン・ドミファルが苦笑いを浮かべた。

「了解です。でも、本当に何も起こらなさすぎやしませんかね」

アリオスも、普段の傲慢《ごうまん》さは鳴りを潜めている。何しろ同僚とはいえ相手は先輩であり、この仕事のプロなのだ。上下関係は弁《わきま》えているのである。

「それでいいんだよ。退屈なのが一番だ。王国会議が始まったら、そうも言っていられないだろうけどな」

「始まったら、何かあるんですか？」

アリオスは期待するが、同僚の騎士は冷めたものだ。

「我々は基本的に、壁だ。しかし人々はそう認識せず、道を聞いてきたり、用事を言いつけたりしてくることもある。人が多く行き交う中、いるかどうか分からない不審者を見分けなければならない。……そんな中で、最後まで何も起こらないし、何も起こさないのが、我々の仕事なんだ。おっと、交代の時間だ。休憩行くぞ」

「うす……」

アリオスは、死んだ目で頷いた。


警備部門の休憩室で、アリオスはソファに身体を預け、ため息をついた。

「マジか……退屈過ぎるだろ……」

ローテーションは辛くないし、休憩もしっかり取れている。

戦闘魔術科の訓練の方が、疲労という意味では辛いぐらいだ。

ただ、アリオスからすれば、立ち続けるだけというのが、精神的にキツかった。

そんなアリオスの顔を、戦闘魔術科の科長であるゴリアス・オッシが覗き込んできた。

「この仕事は、退屈であることが必要だ。それに耐える精神もな……と言っても、そう大層なモノではないが。適度な緊張感を維持し続けること。これが大事だ」

「っ……！　オッシ先生、お疲れ様です」

アリオスは、慌てて立ち上がり、頭を下げた。

「うむ。アリオス・スペード。君はずいぶんと今の状況が不満そうだな」

「そういう訳じゃないですけど。何もしないことが仕事、っていうのもどうも……口を利かない。人には関わらない。壁に徹しろって結構キツいですよ」

「君が考えている活躍というのはつまり、何らかのトラブルを期待しているのかね？　たとえば要人を狙った武装集団が、会場を占拠するというような」

「そ、そんなことはないですよ⁉」

アリオスは慌てて否定した。

考えたことはあるが、実際に起こって欲しいとは断じて思っていない。そういうのは、冒険活劇モノの本で充分だ。

そんなアリオスの考えを見抜いているかのように、オッシはニヤリと笑った。

「そうだろうな。妄想に留めておくべきだ。何事もなく、王国会議が終わることを祈るべきだろう」

「言ってることは分かるんですけど、お祝いしてくれたみんなに、報告する内容に困るんですよ……」

ずっと、立ち仕事をしていました、では話し甲斐がない。

「警備の講習の内容やローテーションについて、話せばいいだろう。もちろん、王国会議が終わってからになるがな……」


そんな退屈しているアリオスの前に現れたのは、生活魔術科に所属する太った奴だった。確か名前はデイブといったか。後ろにはまたゾロゾロと、生活魔術科の生徒を率いている。

ここは、王立大会議場であり、裏手とはいえあまりに場違いな存在だ。

当然、アリオスは彼らを見咎めた。

「お、お前ら！　どうしてここに――」

しかし、その怒鳴り声が最後まで放たれることはなかった。

「――おい黙れ。首を刎《は》ねられるぞ。物理的に」

隣に立っていたドミファルが、静かに殺気を放ったからだ。それも、アリオスに向けて。

アリオスが振り返ると、職務中だからだろう、怒るでもなく、無表情という訳でもない。

ニュートラルな表情のままだ。

そのまま、アリオスにだけ聞こえるように忠告が続く。

「研修で、重要な人物の顔は覚えるように教わったはずだろう。あの方は、デイブ・ロウ・モーリエ殿下。この国の王子の一人だぞ」

「え……」

「ご苦労だな、ドミファル。奥方と子どもは元気か」

デイブはアリオス達に近付くと、ドミファルに声を掛けた。

ドミファルは、ビシッと敬礼を行った。

「は！　子どもが元気すぎて大変です。殿下から出産祝いに頂いたあのオルゴール、とても効果がありました！　子どもの寝付きがとてもよくなっております！」

「ハンド商会で販売しているから、奥方の友人で他に夜泣きで悩んでいる人がいたら、紹介してやれ。少々値は張るが、効き目はお前達が一番よく分かっているだろう」

「それはもちろん！　広めておきます！」

デイブは、アリオスを見た。

アリオスの脳裏によぎるのは、少し前に魔術学院の図書館でちょっとした諍《いさか》いがあった時のことだ。

まさか、首を刎ねられてしまうのだろうか。

ドミファルに言われていた通り、研修では主要な人物に関しては投影魔術と呼ばれる映像で、顔と名前を憶えさせられた。

その中に、確かにデイブの姿もあったが、よく似た別人だと思ったのだ。まさか生活魔術科に王族がいるなんて思わないだろう。

いや、その思い込みこそが、ミスといえばミスなのだが。

「ああ、アリオス・スペード。今回は許してやるが、二度目はねえぞ。知らなかった、勘違いだったじゃすまねえ仕事だ。王国会議の間、ここを実戦の現場だと思って仕事しろ」

デイブはふてぶてしい態度を崩さないまま、アリオスに告げた。

「わ、分か……分かりました」

「それじゃ行くぞ。教わらなきゃならねえ仕事は山ほどあるからな」

「了解です」

ソーコとケニーとノインは素通り、リオンだけがペコリとアリオスに頭を下げて、それを頭上を飛ぶ小動物が真似ていた。

彼らの姿が見えなくなってから、ドミファルが大きく息を吐いた。

「お前、命拾いしたな。っていうか、殿下と知り合いだったのか？」

「あ、その、アイツ、じゃなくて、殿下が魔術学院に通ってて……」

曖昧ながら、アリオスの説明を、ドミファルは理解したようだ。

「あー、目立たないように振る舞ってるから、そっちでも身分隠してってところか。だけど、分かっただろ。あの人は王族だ。口の利き方には気を付けた方がいい。……まさか、魔術学院の方で、無礼を働いたりとかしてないだろうな？」

「いや、それは……その……」

スッとドミファルの目が細められ、アリオスはどう答えたものか、迷った。

その態度でドミファルも何となく察したようだが、それ以上の追及はなかった。

「表舞台に滅多に立たない人だが、前に空に城が浮かんでいたことがあっただろう。天空城といったか。アレの探索と調査を行ったのもあの人だ」

「え……!?」

天空城の探索については、アリオスの師匠に当たるゴリアス・オッシも関わっている。

だが、その内容については、考えてみれば上手《うま》くボカされていたような気がする。敷地内を守るゴーレムがいたとか、有翼人の話は耳にしたものの、他の関係者は聞いていない。

ドミファルが話してくれているということは、この程度の内容は、王城の関係者には周知の事実なのだろう。

あのデブが……？　とアリオスの頭の片隅には疑念が浮かんだが、口にしてはいけない気がしたので黙っていた。

ドミファルの話はまだ続いていた。

「それに、下っ端の俺達の顔と名前、全員分憶えてるすごい人だぞ。祝い事の時には必ず、何かを贈って下さる。本人は『人気を取っておけば、何かあった時に色々動きやすくなるからな。投資ってやつだ』とか言ってるが、本当に何かあった時、俺達はマジで動くからな。騎士だけじゃなく、魔術師や文官武官、色んなところにあの人の味方がいる。気を付けとけ」

「わ、分かりました！」

王国会議の期間中、アリオスにとっては退屈だと思っていた仕事は、緊張感に満ちたものになった。

そして、やはり戦闘魔術科のクラスメイト達に話せる内容が限られたことには、変わりなかったのであった。

第二話　生活魔術師達、王女リコを救う

エムロード王立大会議場のロビー。

王立会議の開催があと数日に迫っており、開催前とはいえ既に各国の関係者は出入りを始めていた。

そんな中、リオン達は宮廷魔術師団の筆頭であるハインテル・インテルに先導され、吹き抜けに通じる階段を上っていた。

今日の仕事は、インテルによる各国関係者の簡単な説明である。

リオン達の服装は、ノースフィア魔術学院のローブではなく、色は同じ草色ではあるが宮廷魔術師団のそれであった。

王国会議の議会場に魔術学院の生徒が出入りしていると、対外的に差し障りが生じるという事情による配慮であった。

同時にこのローブは会議場や王城への通行証にもなっており、いちいち手続きをする手間を省いてくれてもいた。

「うわぁ、緊張してきた」

陛下を見下ろし、リオンは身震いする。

というか、宮廷魔術師団の一番偉い人が案内してくれるとか、どういうことなのだろう。

デイブ曰《いわ》く、本人の希望らしいが、そんなことがあるのだろうか。

いやまあ、双月祭の時にお忍びで訪問していたっぽいし、そこで生活魔術科に興味を持ってくれたのかもしれないけれど。

「リオン、別に私達は重要人物でも何でもないんだから、落ち着きなさい」

「あんまりソワソワしてると、不審者に思われるぞ」

前を歩くソーコとケニーが、振り返りもせずに言う。見てもないのに、リオンの態度が丸わかりのようだった。

「……二人は、肝《きも》が据わりすぎてると思うんだよねえ」

「初めて、火溜山に行った時のことを思いだしてみろ。あの時に比べれば、こんな場所全然何ともないだろ」

「それはまあ、ちょっと分かるかも」

「ぴ！」

リオンの頭上で、フラムが鳴く。

火溜山を根城にしているのは、フラムの母親である火の龍神ボルカノである。

ロビーにいるのが各国のえらい人達とはいえ、格という意味では比較にならない。

とはいえ、神域のモノと人の世界ではまた、別の緊張があると、リオンは思うのだ。それでもまあ、多少は緊張が和《やわ》らいだのは事実ではあるが。

「フラムちゃんが使い魔扱いで、出入りできるのは良かったねぇ。一人だけ離ればなれは嫌だもんね」

「ぴぁ」

ロビーを行き来する人の中にも、あまり大型のモンスターはいないが、肩に鳥を乗せていたり、杖に蛇を巻き付かせている者は見受けられた。

そうこうしている間に、インテルは足を止めていた。

「この辺りだとロビー全体を見渡せますし、良さそうですな。まだまだ人は入りますが、一度に要人全員を憶えるのは、困難でしょうし」

なるほど、インテルの言う通り見晴らしがいいし、人々との距離も遠すぎず、顔もよく見える。

「は、はい。よろしくお願いします」

「お願いする……します」

ソーコも口調を改め、インテルに頭を下げた。

「まずは簡単に、魔術学院の一般教養で学んでいる部分と重複しているとは思いますが、復習も兼ねて各国の説明を行いましょう。まずは隣国のベリール王国からですな」

インテルによる、説明が始まる。

サフォイア連合王国は現在、九つの国で成立している。

十数年前に、大きな災害でジルコー国がなくなり、この土地と元国民は隣国であるオーバルに吸収されている。

「ジルコー国がなくなった要因として、長期間の天候不順、疫病、モンスターの大量発生など様々な問題が挙げられています。これはただの噂話になりますが、その大本は、この国の王子による公爵令嬢への一方的な婚約破棄と、国外追放であったとされています」

「……本や演劇では定番の話ですけど、それ本当に、現実にあるんですか？　常識的に考えて、婚約って書面を交わした契約ですよね？」

　ケニーの質問に、インテルはふぅむと軽く唸った。

「ですから、あくまで噂ですな。公爵令嬢が実はジルコー国を守っていた聖女であったとか、真偽を確認する術《すべ》はもう存在しません。吸収した国の禁書庫辺りに真相が収めていられそうな気もしますが、国としてわざわざ追求する必要もないでしょう？」

「あったのはただ、国が一つなくなったという事実だけ、ということですか」

「そういうことです。ただ、現実というのは時に、架空の物語よりずっと馬鹿馬鹿しかったりしますからなぁ。案外、誇張されているんじゃないかと言われる話の方が、実はずっと控えめだったとか、そういうこともありますぞ」

　年配のインテルは当然、リオンよりも様々なことを経験している。なので、妙に実感のこもった言葉であった。

　そんな風に感じたリオンだったが、国の名前でふと、思い出したことがあった。

「あ……ジルコーといえば、その国の呪術医の著書に目を通したことがあります」

「何と⁉　あの国の本はもう、殆《ほとん》ど世に出回っていないと聞いているですが、一体どこで手に入れたのですかな⁉」

よほど稀少なのだろう、インテルはやや興奮気味にリオンに尋ねてきた。

「あ、その、私の師匠の本棚でして……」

「その師匠というのは」

「もう亡くなっていて、家の方も処分してあります」

リオンは、ケニーとソーコを見た。表向きは、そういうことになっているので、二人も無言で頷いた。

「それは残念ですな……」

そんな話を交えつつ、国の話とロビーを歩く各国の人間の説明を一通り、インテルは終えた。

「これ、憶えるの大変ですね」

ケニーは、難しい顔で唸った。

「でしょうな」

インテルが同意する。

「たとえば、眼鏡のレンズに魔術付与して、相手の顔と経歴を投影できたら、名前や身分での対応ミス減らせそうですけど。そういう魔道具って、もう王城の方ではあったりします？」

「……い、いや、そういうモノがあれば、是非とも欲しいモノです」

ケニーの提案に、何故かインテルが動揺していた。

「実は冒険者向けに、似た感じの魔道具を作っているんです。採取用の薬草やキノコ、モンスターの情報を投影するレンズです。それの応用ですね。今回は間に合いそうにないですけど、こういう外交用のモノも作ってみましょうか。俺達に次の機会があるとは考えづらいですけど、モニターは王城の関係者で協力してくれる人を募《つの》ってもらえれば。難しいようならまあ、魔術学院内でやるだけですけど」

「ほ、ほほう、少なくとも四人は、確実に集められますぞ。申請が通れば、各国の重要人物の顔映像と経歴は、提供できますが。駄目なら駄目で、城内にいる有志の分を用意させましょう」

「デイブ殿下が入っていないなら、ノインと合わせて六人。偉い人も使うとなると、デザインも少し高級路線が良さそうですね。うん、やってみましょうか」

「いいですな……！　何でしたら、私の分の眼鏡は今、予備の分があるので渡しておきましょう」

インテルは、懐から予備の片眼鏡《レンズ》ケースを取り出した。

「お預かりします」

ケニーはそれを受け取った。

◇◇◇

エムロード王城。

その客間の一つが、リオン達生活魔術科の控え室として用意されていた。

隣がリコ姫の部屋となっていて、すぐに駆けつけることができるようになっている。

そこに、リオン達と生活魔術科の科長であるカティ・カー、それにリオンの姉弟子であるステラ・セイガルが集まっていた。

ステラが仕えているベリール王国の王女、リコ・ナキ・ラクスは席を外している。

カーは、リコの世話係であるバーサから、普段のリコの世話について説明を受け終わり、そのメモをめくっていた。なお、バーサ自身は腰の療養が必要ということで、施療院に入院している。

「できるだけ細かいところまで聞きましたけど、バーサさんすごいですね。リコ姫様のお世話は本当につきっきりで、しかも全部手作業だったみたいです。まあ、体質的に魔術を使えないから、ということだったようですけれど」

それを聞いて、ケニーは香茶のカップを持つ手を止めた。

「料理も洗濯も掃除も全部ですか」

「はい。もちろんそれらは生活魔術で補うことはできますすけれど、作業量がすごいですね……」

ハーッとカーは感嘆の吐息を漏らした。

「カー先生がそこまで言うってことは、相当なんだろうな」

すると、壁際に立っていたステラが、得意げに胸を張った。

「バーサはスタミナが半端《はんぱ》なくあるんだ。私が生まれるより前から、侍女としては現役だったという話だぞ。リコ姫の世話係も、生まれた時からしている」

「出会った時に丸太を抱えて戦おうとしたのって、もしかして……」

ソーコが思い出したように呟く。

モンスター相手に無理と無茶をしていたという訳ではなく、元からそういう戦い方をしていたのではないか。

そんなソーコの想像を肯定するように、ステラが頷いた。

「昔は、パワーファイターとしても名を馳せていたらしい。魔術が使えない分、純粋に肉体派だったらしいが、さすがに歳には勝てなかったというところだな」

「腰痛を患っても無理ないって感じでもあるわね」

転がっていた丸太は相当に大きく、全盛期ならばともかく老婆には厳しかったということなのだろう。

ケニーは、カーからメモ帳を受け取り、バーサが行っていたという作業のリストを見て唸った。

食事の準備一つとっても、食材の手配、調理、配膳はもちろん、片付けに洗い物は全部バーサが行い、場合によっては本人が直接狩りに赴いたり、畑を耕し収穫したりすることもある。

まあ、さすがに畑はここまで持ってくることはできなかったようだが、種や株は届くらしい。

スケジュール全体の管理は当然として、部屋に飾る花の用意と水やり、ドレスの準備に着付けに洗濯、今の夜会で流行《はや》っているデザインのリサーチ等々……。

「男の俺じゃ目の届かない仕事も結構あるな……」

ケニーは小さく呟く。

さすがに着替えやら湯浴み中の身体のケアなどは、ケニーにはできない。

「……髪型一つとっても、何パターンあるんだよ、これ」

こういうのはケニーだけじゃなく、ソーコやリオンもそれほど明るくない。生活魔術科の中だと、カレット・ハンド辺りを頼るべきだろうか。

はて、ブラウニーズとしての依頼だが、この場合生活魔術科のみんなの力を借りていいのかどうか、悩ましいところだ。

まあ、王城や王立大会議場に入ることはできなくても、魔術学院の方で意見を聞くことはできるだろう。

それは後回しにするとして、今はメモ帳に書かれている作業をどうするかだ。

王国会議の期間中は、ブラウニーズやカーがフォローするとしても、その後が問題となる。ずっとリコ姫の世話をし続ける訳にはいかないからである。

「リコ姫の体質が理由で世話係が集まらないっていうのもあるようだが、この作業量は……パワーファイターだった名残ってことか。それじゃあ、一人二人増えたところで、キツそうだな。まあ、バーサさん一人で世話をしてたっていうのにも、幾らかメリットはあっただろうけど」

「たとえば？」

ソーコが首を傾げる。

「長年、世話をしてたんならリコ姫が何を求めてるのか聞く前に行動できてたって話もあるし、食事で毒味の必要もない。……さすがに食材の時点で毒を仕込まれたら意味ないけど、それはなくて何よりだな」

というか、リストにある肉を入手するための狩猟だの畑の世話だのは、毒殺対策の一環なのだろうか。

そこで、ソーコが手を上げた。

「ちょっと思ったんだけど、リコ姫の世話なら、もう一人できた人がいるんじゃない？」

その視線は、ステラに向けられていた。

「私か。その意見は予測できていたが、リオン」

彼女は表情を崩さず、リオンを見た。

「……えっと……ステラ姉さんには、家事をさせちゃ駄目なんだよ。向いてないから」

「そんなに酷《ひど》いの？」

ソーコの問いに、リオンはステラを見た。ステラが頷く。

「料理は消し炭、掃除をすれば家具が壊れ、洗濯したら服はボロボロ。本当は師匠の身の回りの世話も修業に含まれるんだけど、ステラ姉さんは除外されてたよ……」

弟子入りする前から実家の家事をしていたリオンではあるが、師匠の家でその腕が上がったのは間違いなかった。

もちろんその間、ステラが何もしていなかった訳ではなく、破壊的な状況になっても問題ない作業——裏手に生い茂る雑草を『紫電《エレクト》』で薙《な》ぎ払ったり、部屋の灯《あか》りを点《とも》したりという仕事を行っていた。

なお、洗濯モノを雷の魔術で乾燥させる案もあったが、干していたローブが三着黒焦げになった辺りで不採用となった。

「むしろ、するなと厳命されていたぐらいだ。もしも無理をしてやるなら、腹痛が起こる呪いを掛けてやるとまで言われたな」

　ステラがしみじみと語り、リオンも当時を思いだしていた。

　あの時の師匠は間違いなく、本気であった。

「そこまで言われるなら、本当に無理なんだろうな……あれ、でもリオンの話だと、師匠の下での修行を終えた後、冒険者か何かになったって話だよな。野宿の時とか、どうしてたんです？」

「大体素材を焼いて食べていた。塩と火があれば大体何とかなったからな。……時々、ではなく半々ぐらいの確率で消し炭になっていたが。まあ、腹に入ってしまえば同じだろう」

　ステラの発言に、ケニーが明らかに引いていた。

「おお……考えただけで恐ろしい食生活だな……」

「ケニーからすれば、考えられない生活でしょうね。あ、そういえばそのリコ姫様は、どこ行ってるの？」

「今は休憩中だ」

　ソーコの疑問に、ステラが答えた。

「ああ、結婚前だし、色々忙しいモノね」

　でも、とリオンは思った。

　それなら別に、ここか隣の部屋で休めばいいのではないだろうか？

「いや、マッケン王太子殿下とデートしていた。結婚したら、これまでみたいに気軽に外には出られないだろうから今の内にと、お忍びで外出していたのだ」

それは休憩ではなく、王太子殿下の言うところの息抜きというのではないだろうか。

「この状況であの二人は何してんの⁉」

リオンの気持ちを代弁するかのように、ソーコがツッコんだ。

「だから、デートだ」

「そういう話じゃないわよ⁉　誰も止めなかったの⁉」

「大丈夫だ。私も護衛として、ちゃんとさっきまで付き添っていた」

「まさかの推奨側‼」

ソーコが、ガックリと項垂《うなだ》れた。

「そんなに怒るな。身体に悪いぞ」

「……リオン、アンタの姉弟子マイペース過ぎるわ」

ソーコは疲れた声を漏らした。

そしてこのタイミングで、マッケン王太子とリコ姫が入ってきた。

どちらも、王族らしく髪も衣装もしっかり整えている。こうして見ると、ちゃんとした王族なんだけどなあ、とリオンは思った。

「いやー、いい気晴らしになった。リコ、中々やるじゃねーか」

王太子とその婚約者の入場に全員が立ち上がり頭を下げたが、マッケン王太子は手でそれを制した。

「殿下もお見事でした！　惚れ直しちゃいそうです」

「惚れ……っ！　い、いや、それを言うならリコの新たな魅力を、俺も見つけた気がするぜ」

「そ、そうですか？　あ、ありがとうございます……うう、恥ずかしい……」

二人はお互いの言葉に赤くなり、顔を背けていた。

その様子に、ソファに座り直したソーコがうへぇ、と舌を出した。

「リオン、香茶用意してくれる。できるだけ渋い奴。砂糖いらないわ」

明らかに不敬ではあるが、誰も咎める様子はなかった。

そこでふと、リオンは首を傾げた。その様子に、カーが気付いたようだ。

「どうかしましたか？」

「……あれ、リコ姫様のドレスって誰が着付けをしたんだろと思って」

「ああ、それなら私が『着せ替え』をお教えしたんですよ」

リオンの呟きに、カーが小声で答えた。

生活魔術『着せ替え』は、そのまま着替えの生活魔術である。様々な衣装を、即座に着脱できるのだ。

一方、マッケン王太子には、ケニーが声を掛けていた。

「あの、王太子殿下も姫様も、今日はもう、外出予定とかないですよよね？」

「ああ、今日のところはな」

「出掛ける時には、誰かに一声《ひとこえ》掛けてからにしてもらえますか？　ちょっと、デイブ殿下の言ってた胃と心臓に悪いって言葉の意味、俺達も実感しつつあるんで」

それはもう、リオンも全面的に同意だった。

実質的な被害はないが、精神的に疲労が大きい。

一方、マッケン王太子は不満そうだった。

「考えられる仕事の類は全部終わらせて、不測の事態も折り込み済みなんだがなぁ」

それに対して、ケニーはなお抗《あらが》った。

「命は一つしかないんで、一回ミスったらアウトなんですよ。っていうか、姫様とのやり取りを聞いた感じ、何かの勝負でもしたみたいな内容でしたけど、どこ行ってきたんですか？　賭博場とか？」

「いや、ダンジョン」

ケニーが、両手で顔を覆った。ソーコは口から煙を吐いている。

大きく息を吐きだし、ケニーはマッケン王太子に叫んだ。

「もうちょっとこう、お忍びするにも穏やかなデートにしてもらえませんかね!?」

「ケ、ケニー君が狼狽《うろた》えるレベル……王太子殿下、すごい……」

「心配しなくても初心者用の『試練の迷宮』だ。ちょっとお互いの技量を確かめたくて、探索してみただけだよ」

それに、リコ姫も頷く。

多分、マッケン王太子とリコ姫にとっては、充分な安全マージンを取ったつもりなんだろうなあ、とリオンは考えた。

とはいえ、ダンジョンはダンジョンである。危険な場所に変わりはない。

スクッとソーコがソファから立ち上がった。

「あのね、王太子殿下。白銀級冒険者の殿下に今更言うのもどうかと思うけど、ダンジョンっていうのは危険なの。コボルトって知ってるでしょ？　あんな最弱なのでも錆《さ》びた剣や斧で武装した子どもが集団で襲ってくるような、そんな脅威なの」

「ソーコちゃん、それベルトランさんの丸パクリだよ⁉」

「いや、大丈夫だぞ？　ちゃんと私が護衛として、付き添っていた」

ステラが、マッケン王太子を擁護する。

「それはさっき聞いたわよ！　止めなさいよ⁉」

「私は姫様のお願いは、できるだけ聞きたいと思う側だからな」

そういうステラはどこか誇らしげであった。

その忠臣ぶりは見事だと思うが、内容が関係者達の胃と心臓に悪いことに変わりはない。

はぁ……とケニーがため息をついた。

「微妙に話がループしている気がするな……とにかく、無事で何よりです。いや、ちょっと待ってください？　『試練の迷宮』って確か、王都郊外でしたよね？　姫様の体質的に、問題なかったんですか？」

「いや、あったあった。モンスター大量発生でよ、他の初心者冒険者達には悪いことしたぜ」

「問題大ありじゃないですか……！」

「それは違うぜ、ケニー。これは必要な検証だったんだ。リコ姫の体質で、どれほどのモンスターが出現するのか、確かめる必要があった。結果分かったのは、出現するモンスターの脅威は、場所に依存する。分かりやすく言えば『試練の迷宮』なら、モンスターの数が増えこそしたが、あそこに出現する以上の強いモンスターは現れなかった」

やるならやるで、護衛の騎士達や学者さんを集めて、万全を期しての検証にするべきなんじゃないかなあ、とリオンは思った。

ケニーは髪をガシガシ掻きながら、マッケン王太子に尋ねた。

「もし、より危険なモンスターが現れてたら、どうするつもりだったんですか」

「ステラを囮にして、全力で逃げていたな」

「うむ」

ステラは躊躇《ためら》うことなく頷いた。

「そこは『うむ』じゃないんだけどなぁ……」

まったく動じないステラに、リオンは苦笑いを漏らした。

「それにしても、この『変装指輪』は便利だな。これまでは髪や目の色を個別に調整していたが、これだと指輪に魔力を込めるだけで一発だ」

「デイブ殿下の頼みだったとはいえ、私は今、二人にそれを渡したことを、かなり後悔しているわ……」

マッケン王太子とリコ姫の指に嵌《は》められた『変装指輪』は、変化術を付与したソーコの作品である。

「多分、デイブ殿下も後悔してると思うけどな」

そういえば頼んできた時も、デイブ殿下は不本意極まりない表情をしていたな、とリオンは思い出す。

お忍び時の負担を減らしたくはあるが、同時に無断で外出するのもやめて欲しい。デイブの苦い表情は、そんな想いを表していた。

一方、リコ姫は純粋に嬉しそうだ。

「家宝にしますね」

「作るのに五分も掛からなかった指輪を家宝にするのは、ちょっと勘弁して……」

重すぎるわ、とソーコが呟いていた。

「そういえば、ベリール王国側の魔術師が用意してくれたっていう、リコ姫様の体質を抑制する首飾りですけど、修理はしてみました。例の馬車の事故の際に、壊れたモノです」

ケニーは懐から、首飾りの入ったケースを取り出し、開いた。

首飾りはシンプルな造りで、中央にやや大きめの水色の宝石が埋め込まれている。

「おお、そうか。助かる」

「ただ、修理はしてみましたけど、今は効果がないです」

「どういうことだ？」

「リオン、説明を頼む」

ケニーに促され、リオンが話を引き継ぐこととなった。

「この首飾りは、この宝石部分に薬剤が仕込まれていたんですけど、それが溢れ出ていたんです。中が空になっているので、これを補充しないとリコ姫様の体質を抑制することはできません。その薬剤の成分を、ステラ姉さんに聞いてみたところ……」

宝石に見える部分は、薬剤を満たすと鮮やかな青になる容器だった。

薬剤の成分に関してステラに話を振ると、彼女は首を振った。

「特殊な素材を複数使っていて、ここで揃えるのは難しい。火龍の鱗やら鬼魚の肝やら世界樹の葉やら、そんなホイホイと揃えられるモノではない」

「その辺はまあ、何とかなったんですけど」

リオンの言葉に、ステラは目を丸くした。

「おい待て、何とかなったのか⁉」

「あ、うん。そこは色々と伝手《つて》があって。それでもやっぱりまだ、足りない素材があるんですよね」

確かに一般的に流通していない、稀少な素材が多かったが、火龍ボルカノや海底女帝ティティリといった人脈に加え、ソーコの亜空間に保管されているモノも多かったのである。

それでも、全てが賄《まかな》えた訳ではない。

残りをどうするかという話になると、マッケン王太子がドンと自分の胸を叩いた。

「そういうことなら任せろ。俺が全部揃えてやる。リコ、安心していいぞ」

「それなら、私もお手伝いします！」

リコがグッと両手を握りしめる。

「ははは、それは心強い。なら、二人で――」

リオンが止めるより前に、部屋の扉が大きく開け放たれた。

ノックも無しに入ってきたのは、デイブと彼が率いる近衛兵達だった。近衛兵はデイブの部下ではなく、確かマッケン王太子のそれだったはずだ。

「邪魔するぜ。兄上、デスクワークの時間だ。外出中に溜まった書類を片付けてもらおうか」

「デイブ、せめてノックぐらいしろよ」

マッケン王太子の抗議に、デイブはふん、と鼻を鳴らした。

「したら、窓から逃げるだろ。言っておくが、そっちにも人を配置済みだ。ノイン、やれ」

「――はい」

デイブの命令で、ノインが構えを取る。

デイブの側仕えであるノインは、古代オルドグラム王朝で作られた人造人間《ホムンクルス》である。

そのせいなのか、天空城から降りた直後は戦いに関して素人だったが、騎士団の訓練に参加したり、戦闘関係の書物を読み込むことにより、今では立派なデイブの護衛にもなっていた。

その実力は、騎士団の上位陣も認めるほどである。

そして彼女がマッケン王太子と相対している間に、近衛兵達が彼を取り囲んでいた。さすがにこの数は、逃げ切れない。

「あ、おい、デイブ！　お前俺を誰だと思っている！　王太子だぞ」

「ああ、だから仕事をしてもらうんだよ。あと、リコ姫様はできるだけ外出は控えてもらいたい。王都内はともかく、その外は困る……まあ、ダンジョンに潜ったって話は聞いているから、今更の話ではあるんだが」

「……むぅ、分かりました」

リコ姫も大人しい。

これは近衛兵の数が多いからではなく、マッケン王太子が身動きが取れない以上、彼が人質に取られたも同然だからだろう。

戦おうと思えばできないことはないが、今はドレス姿だし、さすがにまだ他国であるエムロードの近衛兵に怪我を負わせる訳にもいかない、といったところか。

デイブの言葉は、さらに続いた。

「ちなみに破った場合、食事が三食鍋物になる」

「そんな！」

リコ姫の顔から血の気が引く。リオンの思った以上に、効果があったようだ。

その理由を、リオンは知っていた。

「どういうこと?」

「すごい猫舌なんだって」

ソーコの問いに、リオンは答えたのだった。

◇◇◇

リオン達は、リコ王女とステラを伴い、ノースフィア魔術学院を訪れた。

リコ姫の服装は冒険者用の軽装で、髪や目の色も『変装指輪』を使って変えてある。

施設の一つである薬草園の植物は、主にリオンと錬金術科のスズル・ノートダルが育てており、管理は森妖精《エルフ》のキーリンが行っていた。

名目上は錬金術科の科長が管理者となっているが、キーリンは世界樹の麓《ふもと》にある森妖精《エルフ》の郷出身ということもあり、彼女が薬草園の事実上の管理を担っているといってもよかった。

植物に水を与えていたスズルとキーリンが、リオン達に気付いた。

「あ、リオンちゃん、こんにちは……えと、お、お客さまですか？　いらっしゃいませ……」

「こんにちは！　キーリンって言うのです！」

見慣れない客人に、少し人見知りするスズルは控えめに、キーリンは元気いっぱいに挨拶した。

「こんにちは。サナノと言います」

リコは、にこやかに微笑む。

サナノというのはリコがお忍び時に使う偽名であり、彼女の幼名でもあるのだという。

「ステラだ。思った以上に見事な薬草園だな」

「えへん、すごいのですよ！」

感心するステラに、キーリンが胸を張って、説明を始めた。

キーリンの話を、ステラとリコが興味深そうに聞くそんな様子にスズルは何か気が付いたようで、リオンの袖を軽く引いた。

そして小声で耳打ちする。

「あ、あの、リオンちゃん、ちょっと、いいですか……？　サナノさんってもしかして、何か訳ありですか？」

「分かる？」

「普通じゃない匂いがするっていうか、モンスターが好きそうな……」

確証は持てないのだろう、表現は曖昧《あいまい》だ。

しかし、本質は突いていた。

「さすが神様」

ボソリと、ソーコが呟く。二人の会話は聞こえていたらしい。

「あ、あの、そこはシーッでお願いします」

スズル・ノートダル。

錬金術科の生徒であり、同時に伝令神メルルというこの世界の神の一柱《ひとはしら》である。この事実は隠しており、リオン達一部の者しか知らないことだ。

「分かってるわよ。でまあ、彼女に関して相談に来たんだけど……」

ソーコが簡潔に事情を説明した。

リコの体質と、それを抑える薬剤に関してである。

「ははぁ。えっとスズルさん、材料はほぼありますよね」

スズルはさすが専門家だけあって、製薬に必要な素材に関してはすぐに察したようだ。これはキーリンも同じである。

「は、はい。薬の材料は殆ど、揃いますね」

「殆ど、ね……」

軽くため息をつくソーコに、スズルは申し訳なさそうに頭を下げた。

「そうですね。触媒である鉱物が手元になくて……」

「ええ、まあそんな気はしてたわ。いつもこうよ。あ、もちろんスズル達に非はないの」

小さく手を振って否定するソーコの隣で、ケニーも腕を組んで空を仰いでいた。

「この手の状況って本当にいつも、何か一つ二つ、足りないんだよなあ」

「ホントそれよ。いっそ、原因になる部分をプチッと潰せれば、話が早いんだけど」

ソーコのその呟きが、リオンには引っ掛かった。正確には、その一部だ。

「原因になる部分……？」

今、リオン達が動いているのは、リコ姫の体質を抑えるためだ。

つまり原因というのは大きく見ればリコ姫だが……リオンは、奇妙な甘い匂いが彼女から放たれていることに気が付いた。

薄く掛かっている、香水の匂いではないことは分かる。

「え、あ、あの……」

「おい、リオン。姫……サナノ様に、何をしている」

リコ姫が後ずさり、彼女とリオンの間に護衛であるステラが割って入った。妹弟子であるリオンが相手なのでそれほど強い抗議ではないが、行動としては確かに奇異に映るだろう。

「匂いがおかしい……かな？」

「……っ⁉」

リオンの呟きに、リコ姫は思わず自分の腕の匂いを嗅いでいた。

慌ててリオンは弁解した。

「あ、いえ、体臭が臭うとかそういうことじゃなくて、サナノさんと他の人達で何か違う点がないかなって思って。そうしたら、身体の匂いが違うみたいで」

「体臭じゃないですか！」

「う、うーん、合ってるようで違うというか」

この中で一番近い種類の匂いを放つのは、フラムである。

つまり人間の匂いじゃない、と本能的に感じるのだが、そのまま告げるとまた誤解を生みそうな気がするので、悩むリオンであった。

フォローに入ってくれたのは、ケニーだった。

「あー、リオンの感性《センス》はちょっとズバ抜けてるんで、普通の人には分からない何かが、サナノさんにあるって感じ取れたみたいなんですよ。そしてそれが多分、魔物を引き寄せる原因で……」

そこまで言って、ケニーも自分の言葉を頭の中で整理し始めたようだ。そしてリコ姫を見た。

「……つまり薬剤はそれを中和してるってことですね。ちょっと改めて、魔物化の呪いについて調べてみましょうか」

「それなら、我が国で散々調べたぞ」

ステラが言う。

一国の姫に掛けられた呪いである。それはもう、国の学者総出で調べていてもおかしくはないだろう。

だが、ケニーも引かなかった。

「こちらの国にしかない資料があるかもしれないじゃないですか。ないかもしれないですけど」

「どっちなんだ」

ステラが顔をしかめた。

「魔物化の呪い自体は、あちこちの王族貴族が掛けられる話を聞くんですよね。ってことは、過去の王国会議でも何度か取り上げられててもおかしくないし、それぞれの国で研究資料があると思うんですよ」

そして国によって資料には差違がある。

研究者の個性もあるだろうし、呪いを掛けられた対象の性別や年齢だって違うはずだ。違いがない方がむしろ不自然である。

ベリール王国の資料は調べ尽くしていたとしても、エムロード王国の資料を見て損はないだろうというのが、ケニーの意見であった。

ケニーはゴーレム玉のタマを取り出すと、遠話器機能を起動した。皆にも聞こえるように、スピーカー仕様である。

「――という訳でこちらはリコ姫様の体質を改善する方向で動いているんで、資料の閲覧許可を頂きたいのですが」

デイブは自分の執務室で仕事中だったようで、すぐにこちらの呼び出しに応えてくれた。

『なら、兄上の作業の引き継ぎになるな』

「というと？」

『リコ姫様の呪いに関する資料は、兄上が既に手配済みだ。他の仕事があって今は手を付けられない状況にあるが、そういうことなら手分けをした方がいい。――ああ、今兄上から許可が出た。王立図書館に向かえ。そっちで爺やの一人が作業をしている』

そういう指示が出たので、皆で王立図書館に向かうことになった。

◇◇◇

王立図書館。

国が建てただけあって立派な建物だ。館内は談笑禁止だが、その手前のロビーは少し賑やかだ。子ども達、学生、家族連れ、明らかに調べ物目的の学者などが行き来している。

待ち合わせにも使われている場所で、ベンチに座っていた小柄な男がリオン達の姿を認めて、立ち上がりこちらに近付いてくる。

「ようこそ、姫様。エムロード王立図書館へ。私はジョー・デックス。普段は宮廷で様々な研究を行っている学者で、博士号を持っております。話はデイブ殿下から聞いております。他の皆様も、どうぞよろしく」

デックス博士はここで最も立場の高いリコ姫と握手をし、こちらに愛想のいい笑顔を向けてきた。

「ケニー、ちょっと」

リオンの横で、ソーコが囁く。

「何だよ」

「雑竜の肉がまだ余ってるから、お昼はパンで挟んでくれる？　スープはミノタウロス亜種のやつの残りを使うわ」

「そりゃ構わないが、何でまた」

「あのデックス博士って人、双月祭《そうげつさい》の時に『第四食堂』に来ていたのよ。その二つが好きみたいだから。モチベーション上げた方がいいでしょ。……っていうかあの時席に座っていた四人、これで全員揃ったわね」

ソーコは指折り、数えていた。

ちなみにストロング将軍は世界樹の麓で、エジル司教は大聖堂で、インテル卿は王立大会議場で出会っている。

「よく憶えてたね、ソーコちゃん」

「お忍びのお偉いさん風だったたから、たまたまね」

そんな会話をしている間も、デックス博士はリコ姫とステラから詳しい事情を聞いていた。

「ほうほう、匂いですか。姫様、失礼致しますぞ……なるほど、確かに独特の匂いがしますな」

「ううう、博士が悪いのではありませんが、ものすごく抵抗ありますねぇ」

先にデックス博士が断りを入れはしたが、それでもリコ姫は及び腰だ。分かっていても、自分の体臭を嗅がれるというのは、抵抗があるのは無理のないことだろう。

「……立場と権威のある、王国の博士でなければ、即座に拘束している光景だ」

ステラは目を据わらせ、デックス博士の体臭に関する検証に耐えていた。ただ、その右手には雷の球ができつつあった。

「ステラ姉さん、手！　雷魔術集めないで⁉」

リオンが慌てて、それを指摘する。

「おおっと、無意識に魔術を編んでしまっていたらしい」

「仕事！　これは仕事ですし、しっかりと断りは入れておりましたぞ⁉」

命の危機に、デックス博士は両手を挙げて、無実を訴えたのだった。

リオン達は、図書館の奥にある小会議室に案内された。

大量の紙資料が、テーブルの上に積み重ねられていた。

なお本来、王立図書館では使い魔や契約した精霊等の入場は禁止されているのだが、事前にデイブが手を回してくれたらしく、フラムは特別に入ることが許可されていた。

「ぴぃー」

そのフラムは、興味深そうに資料の上を飛び回っていた。

「フラムちゃん、崩しちゃ駄目だからね？」

「ぴ！」

了解しました、とフラムが短く鳴いた。

そんなフラムを見上げていたデックス博士だったが、やるべきことを思い出したのか、黒板を引きずり出した。

「魔物化の呪いの資料を漁ったところ、変化する種族には個人差がありますが、大体が獣タイプですな。狼、大猿、熊、怪鳥……獣以外ですと植物タイプもありますな。共通しているのは、身体の表層のどこかに臭腺があり、これが他のモンスターを集める原因とされております」

妙に上手なイラストで、デックス博士は説明を始める。

ちなみにリコ姫は二足歩行をする半人半獣タイプで、牛と狼の複合タイプだったらしい。

これもまた、デックス博士の説明に該当するタイプだという。

即ち、身体のどこかに臭腺があったらしい。

「人の姿に戻った状態でその臭いが断ち切れていないというならば、この臭腺が体内に埋まっていると考えるのが妥当でしょう」

「体内っていうと……じゃあ、身体を切り開くことになったりします？」

表に出ないとなるとそうなるなあ、とリオンは自分でも物騒な疑問を口にした。

当然、当事者であるリコ姫は、身を竦めた。

「え、ちょっとそれは、抵抗あるんですけど。絶対やらなきゃならないなら、マッケン殿下と相談してからにしたいんですけど」

「身体を刃物で開くって、メチャクチャ反対しそうね……」

ソーコの感想に、リオンと一緒にケニーも同意した。

言うまでもなくステラも反対派だ。

「ふむむ、難しいところですな。仮に国一番の医師を呼んだとして、王族の身体を傷つけるとなると、重圧が普段とは比べものにならないでしょう。表層に残っていたなら、聖なる炎で焼き切ることができた、という資料もあるのですが」

「ぴぅー！」

できるならやるよ！　とフラムが天井近くをクルクル回りながら主張した。

「外だったらフラムちゃんできそうだったんだけどねえ……あ」

そんな張り切るフラムを微笑ましく眺めていたリオンだったが、ふと思い出したことがあった。

ケニーがそれを横で見ていた。

「何か思い付いたのか、リオン」

「……思い付いたというか思い出したんだけど、前に師匠の本棚にあった呪術医の書物にあった内容がね……」

「そういえばちょっと前、そんな話してたわね」

書物の中身については語っていないが、話自体は少ししていたのを、ソーコも思い出したようだった。

「んん？　そんな本あったか？」

一方、同じ師匠の家で修業をしていたステラは、首を傾げていた。

「……ステラ姉さんは、攻撃魔術系の書物しか読んでなかったから、多分知らないと思うよ。一応、身体に刃を入れずにできる摘出手術なんだけど」

「え、そんなのあるんです？」

リコ姫が、瞳を輝かせた。そりゃ刃物で切られるよりは、別の方法があるならそちらの方がいいに決まっている。

問題は、その摘出手術の方法である。

「あるんですけど、呪術で手を直接身体に埋めて、摘出部分だけ除去するってやつなんです」

「メチャクチャおっかないんですけど⁉」

リオンも自分で説明しておいて、ダイナミックな摘出手術だなあ、と思った。

「しかも失敗すると、身体に穴開きますしね」

「昔の呪術師、怖っ⁉」

リコ姫はブンブンと首を振った。

そんな恐ろしい手術は、体験したくないのだろう。

リオンだって、自分がこの手術を受けたいかと問われると、否である。

「まあ、そもそも呪術ってのはおっかないもんなんですけどね」

と、ケニーが身も蓋もないことを言った。

「これは直感ですけど、上手くいかない気がします」

書物の内容は憶えているが、実際にやるとなると話は別だ。

リオンは、何となく失敗しそうな気配を感じていた。

「リオンがそう感じるなら、絶対やめた方がいいわ。ほぼ間違いなく、失敗すると思う」

ソーコが確信を込めて断言した。

「いや、そこまで確信がある訳じゃないんだけど⁉」

「向こうに雨雲があるのを見ながら、雨が降りそうな気がするって言ってるようなもんだ。マジでやめとけ」

「さすがにそれは私も反対するぞ。他の方法を模索した方がいい」

ケニー、ステラも否定的な意見だ。

もとよりあくまで一案なので、リオンだって他の方法があるならそちらを検討したい。困ったことがあるとすれば、他の方法が今のところないということである。

とりあえずリオンは、まず必要なことを聞くことにした。

「うーん……デックス博士。臭腺の位置って分かります？」

切開手術にしろ、呪術的な摘出手術にしろ、場所が分からなければ話にならない。

「せ、切開手術は嫌ですよ⁉」

リコ姫はすっかり及び腰だ。

デックス博士が資料の一部を読み上げた。

「過去、既に亡くなっている国の資料で三代続けての例がありますな。人に戻ることはできたものの、モンスターを引き寄せる体質が残ったというのも、姫様と同じです。場所は胃の内側ということまでは、調べがついたものの根本的な解決策はなかったようです。理由は今、我々が悩んでいるのと同じです」

「……王族に傷を付ける訳にはいかないってか」

ケニーの呟きに、デックス博士が頷く。

「下手《へた》をすれば……いや、しなくても普通に命に関わりそうな手術ですしな。なお、この国での解決法としては、定期的な投薬による匂いの中和を採用したようです」

「飲むか身に付けるかの違いだけど、やり方としては今のリコ姫様と同じかな」

ベリール王国が匂い消しの薬液が入った首飾りを用意したように、別の国では匂いを抑える薬を飲み続けたということらしい。

「死ぬまで薬を飲み続けていたそうですから、治せるものならば治したいところですぞ」

「それは確かに、ずっと薬を飲み続けるのはちょっと嫌ですね」

他にいい案が浮かばず、会議室内は沈黙で満たされた。

しばらくして、リオンは小さく手を上げた。

「うーん……そういう、身体に刃を入れたりしないで除去する方法、一つ思い付いた……付きましたけど、どうしましょう」

「ど、どうしましょうって、どんな物騒なの考えているんです?」

これまでの案が案だったので、リコ姫はやや警戒気味だ。

「いや、わたし達生活魔術科は、臨海学校の職業体験で、鯨の歯磨きっていうのをやったことがあるんですよ」

そこでピンときたのが、リオンと同じ経験をしたソーコやケニーだった。

「確かに身体を切ったり穴を開けたりするよりは、穏やかな手段ね」

「あー、なるほど、あれかー」

「ぴぁー」

外から患部を除去できないのなら、中から除去しようというアイデアである。

一方、ステラはよく分かっていないようだった。

「姫様は鯨とは違うぞ」

「分かっているわよ。ただ、今年の鯨の歯磨きは例年とは違って、ちょっとしたトラブルがあってね」

そこで、おっ、とデックス博士が反応した。

「存じておりますぞ。パルム・トルフの一件ですな。老鯨の体内を根城にし、スケルトンモンスターを使役していたという」

「詳しいですね」

ケニーが感心すると、デックス博士は得意げに胸を張った。

「回収された奴の魂の研究には、私も少々協力してましたからな」

「ちょ、ちょっと待って。つまりそれってつまり、私の体内に入るってこと？　身体が破裂しちゃうんですけど⁉」

リコ姫の慌てように、ソーコが呆れていた。

「このサイズのまま、入る訳ないじゃない……ですか。身体を小さくする術なら、幾らか持ってますよ」

◇◇◇

さすがに折り畳み椅子やテーブルにリコ姫を寝かせる訳にはいかないと、応接室からソファを運び込み、それに横になってもらうこととなった。

リコ姫の体内に向かうメンバーは、ブラウニーズにステラとなった。

デックス博士はリコ姫の状態を見守るため、彼女の傍に控えていることとなった。

小さくなったリオン達は、そんなデックス博士の両手に乗っていた。

「時空魔術じゃなくて変化《へんげ》術か？」

ケニーの問いに、ソーコは肩を竦めた。

「こっちの方が、私が楽なのよ。指輪の付与はこないだもやったしね。効果が一緒なら、楽な方がいいに決まってるでしょ」

「――『皮膜《カバー》』」

リオンが呪文を唱えると、皆の身体を薄い魔力の膜が覆った。

ステラが不思議そうに、自分を覆った魔力の膜に触れた。ただ、特別な手触りなどがないことをリオンは知っている。

「リオン、これは何の魔術だ？」

「まんま、皮膜的な魔術かな。たとえば急な雨とかに降られた時とかに使うと、濡れずに済むんだよ」

「あとは、洗い物とかにも使える」

リオンの言葉に、ケニーが付け加えた。

「……一番役に立つのは、下水道関係の依頼よね。汚れても、大丈夫みたいな。ちなみに戦闘時の防御力を上げるとか、そういうのにはまったく役に立たないわ」

「薄いもんねえ」

ただただ、水に濡れないだけの生活魔術である。とはいえ臭いも移らないし、便利であることには変わりない。

「ちなみに今回は体内に入るから、こちらの衛生的な意味もあるけど、姫様の方にも同じ意味があるんだよ」

「……確かに、私達が土足で入ることを考えると、適切な処置だな」

ステラは自分の靴の裏を見て、頷いた。

「あと臭腺を焼き切るなら、フラムちゃんが頼りになりそうだしね」

「ぴぃ！」

任せて、とフラムが元気に鳴いた。

とはいえ、横になっているリコ姫は少し不安そうだ。

「えっと……身体の中で火を使うとか、ちょっと心配なんですけど」

「ぴぁー」

フラムはデックス博士の手の上から離れ、横になっているリコ姫のお腹の上で組まれている、両手に向かって火を吹いた。

ビクッとリコ姫の手が震えるが、すぐに違和感を憶えたようだ。

「わ、ちょ、ちょっと……あれ、全然熱くない……？」

「フラムちゃんは、燃やすモノを選別したり熱も調整できますから」

「ぴぁう！」

フラムは得意げに、胸を張った。

「す、すごいんですねぇ……」

「正体は、ガチですごいからなぁ」

感心するリコ姫に聞こえないように、ボソリとケニーが呟いた。フラムは、火龍ボルカノの仔である。

「ま、とにかくこの子がしっかり処置してくれるから、大丈夫よ。というか、刃物で切除するっていう方が怖くない？」

ソーコが言うが、リコ姫は難しそうに唸っていた。

「私からは見えないから、どっちも怖いといえば怖いんですけど……とにかく、考えられる限りでは、これが一番良さそうなので、よろしくお願いします！」

リコ姫も覚悟が決まったようだ。

リオン達は、リコ姫の体内に突入を開始した。


当然ながら、人間の体内に照明はない。

「――『雷球《ライトル》』」

ステラが呪文を唱えると、雷の球が出現し、周囲が明るくなった。

上下左右、ピンク色の脈動する粘膜である……が、それより別の感想を、ソーコが口にしていた。

「リオンの姉弟子が、攻撃魔術以外を使った⁉」

「私を何だと思っているのだ。他の系統はともかく、雷系統の魔術だけなら、大体のモノは使える。

『紫電《エレクト》』とか『雷閃《ライセン》』とか『雷槌《トルハン》』とか。ちなみに威力は人体に影響がないレベルにまで抑えてあるから、姫様にも無害だ」

「……どれも物騒に聞こえるわね」

そんな話を二人がしている間、リオンは口腔の奥に視線をやった。

先は暗い穴だ。

リオン達の身体は、リコ姫の負担にならないようにかなり小さい。ということは、摘出するべき臭腺までの距離も、必然的に遠くなるということである。

ソーコの指輪は信用しているが、それでも早く任務を終わらせるに越したことはない。

「――――『滑るな』」

ケニーが『七つ言葉《セブン・ワード》』を唱える。

足下は泥濘《ぬかる》んでおり、油断すると足を取られてしまう。急いでいるので走ることを考えると、滑り止めはやはりあった方がいいだろう。

「お喋りはそこまでだ。何か来るぞ」

リオンと同じように奥に注意を払っていたケニーが、呟く。

暗い奥から、黄色く濁った粘体が複数、こちらに近付きつつあった。

ソーコと雑談を交わしていたステラが、即座に臨戦態勢に入った。

「スライム！　何故、姫様の体内にこんなモノが！」

「多分だが、危機を覚えた臭腺が俺達を排除するために、胃液か何かを操ってモンスター化させたとか、そんなところじゃないか？　あくまで推測だが」

ケニーが、不快そうに目を細めた。

「間違いないのは、相手がこちらに対して敵意を持っているってことね。それさえ分かれば充分よ。……ケニー、『七つ言葉《セブン・ワード》』でどうにかならない？」

「『スライム止まれ』……駄目だな、文字通り、聞く耳を持たないから『七つ言葉《セブン・ワード》』も効きづらい」

ケニーは首を振った。

不快そうな表情をしていたのは、相性の悪さを察していたかららしい。

シンプルに『止まれ』はおそらく今よりは効果がある。

ただそれは、リコ姫の生命活動にも影響を及ぼす可能性があるので、使えないのだ。うっかり呼吸が止まっては、困るどころではない。

一方、ステラも指から稲妻を放った……が、スライムは二つに分かれただけで、ダメージを受けた様子はない。

「チッ、出力を抑えた稲妻では殺しきれないか。核も分かりづらいとか、厄介《やっかい》だな」

となると、ソーコの『空間遮断《ギロチン》』も効果薄だろう。

リオンは少し考え、ソーコを見た。

「ソーコちゃん、在庫に塩は残ってる？」

「一応、そこそこは。——ああ、なるほどね」

ソーコは指を鳴らし、スライムの頭上に亜空間を展開した。

そしてそこから、雪のように塩が降っていく。

塩の掛かったスライムが、次第にその身体を縮めていった。

「な……」

塩によってスライムが完全に溶けていく様子に、ステラは絶句していた。おそらく通常のスライムは、雷魔術でまとめて蒸発させるなりしていたのだろう。

リオン達は低いランクの依頼でスライムを倒す時には、こうして塩を使うことが多かった。

「この手のタイプには、やっぱり塩が一番効くよね」

ソーコは再び指を鳴らし、亜空間を閉じた。

「戻ったら、補充しておかないとな。ハンド商会に発注忘れないように、メモしておこう」

ケニーは懐からメモ帳を取り出し、覚え書きを記しておいた。


一方その頃、外ではリコ姫が口元をムズムズさせていた。

その様子に、デックス博士は首を傾げていた。

「殿下、どうしましたか？」

「……何か、急に喉が渇いてきてるんですけど、体内で何が起こってるのかな。あの、お水頂けますか？」

「渡したいのはやまやまですが、今お水を飲むと、中にいるブラウニーズの方々やステラ嬢が大変なことになるのではないですかな？」

「そうでした……うあぁ、我慢するしかなさそうですね……」

予想外の苦痛に、リコ姫は唸るのだった。


リオン達は早足で、リコ姫の身体の奥へと進んでいた。

しかし、その足取りをスライム達が度々阻《はば》んでいた。

「まずいわね。思ったより数が多いわ。向こうも必死ってのは分かるけど」

スライムの頭上に亜空間を展開させつつ、ソーコは苛《いら》ついていた。

「塩が在庫切れの危機か」

「そういう訳じゃないんだけど、リコ姫の身体が塩分過剰摂取状態になっているっていうか。これちょっとよくないでしょ」

「言われてみれば、確かに。何か足下の蠕動《ぜんどう》が大きくなってきている気もするし」

ケニーは少し考え、『七つ言葉《セブン・ワード》』を唱えた。

「――『渇きよ癒えろ』。まあ、やらないよりはマシだろ」

『七つ言葉《セブン・ワード》』のお陰か、足下の蠕動は少し鎮《しず》まったようだ。

「そもそも、わたし達は臭腺までたどり着ければいいんだから、無理に倒す必要はないんだよね。なら――『影人《シャドウ》』‼」

リオンが、自分の影を触媒に『影人《シャドウ》』を三体出現させた。

「お得意の、影の使い魔か！　なるほど、他の使い魔なら溶かされるかもしれないが、影なら問題ない！」

そのリオンの狙いを、ステラは察してくれたようだ。そう、『影人《シャドウ》』は影の使い魔なので、スライムの溶解液も効かないのだ。

「うん、そういうことだよ。三体とも、大きく広がって！」

リオンの言葉に従い、『影人《シャドウ》』達が横に平たく伸びていく。スライム達の間を薄い壁が潜り抜け、ピンと伸びれば即席の通路ができあがっていく。

「おおっ⁉」

「ステラ姉さんも、お願い！」

「む、そういうことならば『雷壁《サールド》』‼」

スライム達が影の壁を乗り越えようとするが、その上をさらに雷の壁が重なり、それを阻止した。

「ぴぁー！」

加えて、フラムが火を吐いて、残るスライム達を牽制していた。

「フラムは仕事が早いわね。ケニー、リオンとステラさんが時間を稼いでくれてるうちに奥へ行きましょ」

「そりゃごもっとも」

できた道を、一行は駆け出した。


しばらく走り続けると、広い空間に出た。

足下は泥濘んでおり、かなり足場が悪い。その先は胃液が湖のように広がっていた。

そして、高い天井にどす黒い腫瘍《しゅよう》のようなモノが脈打っていた。その周囲には黒い靄《もや》が漂い、分泌液に触れるとそれがスライムへと変わっていく。

「……臭腺って、多分あれだよな。俺の知ってる、動物のそれとは全然違うけど」

「まあ、明らかに悪そうな色をしてるし、あの黒い靄って確か呪詛《じゅそ》ってやつよね」

ケニーもソーコも「うへぇ」という顔つきだ。

「ぴぁ！」

焼く？　とフラムがリオン達を振り返った。

「フラム、ちょっと待って。まだ、何かいるわ」

胃液の湖が盛り上がったかと思うと、見上げるほどの大きさの人型へと変化していく。さながら粘液でできたゴーレムだ。

「さしずめ、ここのボスといったところか。リオン、さすがにあの大きさは、お前の使い魔でもどうにもならないのではないか？」

「確かにアレはちょっと……」

ステラに問われるが、さすがにサイズが違いすぎる。

「『雷壁《サールド》』‼　――からの『雷閃《エレダン》』‼」

ステラはゴーレムの腰程まである雷の壁を出現させ、さらに手の平から極太の稲妻を放った。

ゴーレムの胴体に穴が開くが、すぐに溶解液で再生されてしまった。

「やはり、仕留めきれないか。だが、液体である以上、蒸発させることはできるはず。熱属性は少々不得手だが、まあ雷属性でできないことはない……やってみるか……っ!?」

ステラは両手の中に雷の球を作り始めるが、無理をしているのは明らかだ。雷は雷であり、熱ではないのだ。

何より、リコ姫の体内ということもあり、全力を発揮できないのがもどかしい。

リオンは自分の『影人《シャドウ》』を見た。三体ではあのゴーレムを阻むことはできない。なら、すべきことは簡単だ。

「『影人《シャドウ》』集合!!　――さらに倍!!」

三体の『影人《シャドウ》』に加え、リオンはもう三体の『影人《シャドウ》』を出現させ、これらを一つに束ねた。

ゴーレムには及ばないまでも、巨大な『影人《シャドウ》』が生み出された。

「な、何だリオン、大丈夫なのか、それは!?」

巨大『影人《シャドウ》』の迫力に、ステラは圧倒されているようだった。

リオンが無理なく出現させられる使い魔の数は、三体。

それ以上出すと、リオン自身が動けなくなってしまうのだ。六体出せば、もう完全に動けなくなる。

「あー……多分、イケると思う」

逆に言えば、動けなくなることを受け入れるなら、リオンは使い魔を六体まで出せるのである。

後ろに倒れそうになるリオンの背中を、透明なクッションが受け止めた。

「ソーコちゃん、『空気椅子《エアース》』ありがと」

「どういたしまして。いくら『皮膜《カバー》』があるからって、ここで倒れるのは気分的にちょっとよくないでしょ。……あ、さっきまでのスライムと違うみたいね。塩効かないわ、これ」

同時にゴーレムの頭上に亜空間の『門《ゲート》』を展開させ、塩を降り注いでいたが、意味がないと判断してソーコは門を閉じた。

「『影人《シャドウ》』六体分か。しかしそれでも足りなさそうだな。いや、ここは私の仕事か――『雷球《ライトル》』光度最大出力‼」

ステラは自分達の背後に巨大な雷球を作り出した。

『影人《シャドウ》』は影の使い魔であり、その影が濃くなれば、その分力を増すのである。

漆黒の『影人《シャドウ》』がゴーレムの大きさに迫り、ゴーレムはわずかにたじろいだ。

「じゃあ、さらに俺の仕事だな――『大きくなれ』」

ケニーの『七つ言葉《セブン・ワード》』が加わったことで、『影人《シャドウ》』の体躯は一気にゴーレムを追い抜いた。

「……っ‼」

ゴーレムが後ずさる。

とはいえ、これを倒す必要はない。

『影人《シャドウ》』がゴーレムを押さえ込んでいる間に、ソーコの傍ではフラムが出番はまだかまだかとウズウズしていた。

「フラム、お仕事！」

「ぴあぁぁぁっ‼」

ソーコが叫ぶと、フラムは勢いよく天井にある臭腺目がけて飛び、大きな火を吹き放った。

火龍の仔の火を浴びては一溜《ひとた》まりもなく、臭腺はあっという間に燃え尽きてしまった。

◇◇◇

来た道を戻り、リオン達はリコ姫の体内から脱出した。

変化の指輪の魔力を解くと、元の大きさに戻る。

色々と体液でドロドロではあったが、これも『皮膜《カバー》』を解けば消えてなくなった。

リコ姫も身体を起こし、ソファに座り直す。

「お疲れ様でした」

「本当に疲れたわ。まさか、モンスターが出現するとは思わなかったわよ」

ソーコのぼやきに、リコ姫が驚いた。

「ええっ⁉　私の中に、モンスターがいたんです⁉」

「姫様、ご安心を。原因の方は根絶しました」

ステラが、リコ姫に言う。

その間、ふと、ソーコが疑問を口にした。

「でもあれって、悪化したら外に出たりしてたのかしら。……あのスライムとか」

「ソーコやめろ。普通に怖いというか、イメージ的に姫様が知っちゃ駄目な奴だ……あれが出現するっていうことは、つまり……」

ケニーが言い、リオンも頭に浮かべてみた。

つまるところ胃液の逆流であり、同じことをイメージしたのだろう、ソーコも首を振った。

「ああ、ごめん。確かに言われてみれば、普通にアウトな奴だわ」

「ちょっと待って⁉　どんなモンスターがいたんですか⁉　説明を求めます！」

リコ姫が顔を青ざめさせたが、ちょっとリオン達の口から説明するのははばかられるような内容だ。

リオンはステラを見た。

「……ステラ姉さん」

説明は、彼女に任せることにした。

「うむ……姫様、少しお耳を拝借します」

「う、うん」

そうして、ステラが耳打ちすることしばし、リコ姫の顔から血の気が引いていった。

「……た、退治してくれて、ありがとうございます。本当に、本当にもう、感謝します」

リコ姫は、何度もリオン達に頭を下げた。

「まあ、今回一番仕事したのはフラムだと思うから、お礼ならいい肉か何か用意してくれると、ありがたいわね」

「ぴぁっ！」

ソーコの頭上で、フラムが仕事した！　と胸を張っていた。

「分かりました。ステラ、お願いね」

「承知しました。特上の肉をご用意しましょう」

ステラが頷き、フラムは機嫌よさそうに天井近くを飛び回ったのだった。

そんなことをしていると、ノックの音がして、フラフラになったマッケン王太子が入ってきた。

後ろには、デイブとノイン、それに護衛達も付いてきている。

「リコー……癒やしをくれー……」

「はいはい。どうぞ、お膝を使ってくださいな」

リコ姫が苦笑いしながら自分の膝を叩き、マッケン王太子は躊躇《ちゅうちょ》なくその膝に飛び込んだ。膝枕である。

その体勢のまま、マッケン王太子は何かに気付いたようで、リコ姫を見上げた。

「リコ、香水か何かを変えたか？」

「それについては、後でお話しします。報告書がまとまってからの方が、説明もしやすいですし、ね？」

リコ姫がリオン達を見た。

「では、早めに仕上げます」

ケニーの言葉に、リコ姫は頷いた。

「はい、よろしくお願いします」

リコ姫は微笑み、マッケン王太子の頭を撫でた。

「ああー……癒される。もうずっとこのままでいてぇ」

デイブはその光景を、目を細めて眺めていた。呆れているのである。

「……兄上。人前であまりイチャイチャしないでもらえますかね」

「王太子とその婚約者の仲がいいのは、悪いことじゃないだろ。悔しいならお前もノインにしてもらえ」

「——膝、使いますか」

ノインに問われ、デイブは手を振った。

「いや、使わねえよ⁉　あと人前っていうのは俺様達だけじゃなくてブラウニーズやデックス博士のことも含めてるからな！」

「見たくないなら、目を瞑《つむ》ればいいんじゃねえかな」

「ヤベえ、兄上が何かすごい堕落してるぞ……」

うんざりした様子で、デイブが呟く。

そこに、ケニーが小さく囁いた。

「女性関係ってことを除けば、元からああなのでは？」

「……言われてみれば、それもそうだな」

仕事はできるが放浪癖があり、冒険者稼業などもやっている。まあ、王族らしくないと言えばないだろう。

「おい。あー……とにかく、こっちはこっちで仕事をしていたんだが、郊外のモンスターの動きは沈静化したし、冒険者達の駆除も捗《はかど》るようになったっていう、冒険者ギルドからの報告書が上がってる。お前達の活躍のおかげだ。感謝しているぞ」

リコ姫の膝枕に頭を預け、その髪を撫でられながら、マッケン王太子が言う。

「……気持ちはちゃんと伝わってるけど、その体勢は何というか、すごくだらしなく見えるわね」

ふん、とソーコが鼻息を鳴らした。

ビジュアル的には駄目人間っぽいのだが、口にしちゃあ駄目だよなあ、とリオンも思う。

「悪いな。マジに全力でやったから、結構疲れているんだ」

「王太子殿下の『マジに全力』って、どんな感じなんです？」

ケニーがデイブに聞くと、デイブは口をへの字に曲げた。

「書類仕事三ヶ月分が片付いた。積まれていた分じゃなくて、向こう三ヶ月分という意味でだ。何らかのトラブルやら、緊急で飛び込んでくるような重要書類はさすがに除くがな」

「普通にすごいですね」

「すごいんだよ、兄上。……だから、タチ悪いんだ」

なまじ仕事を完璧にこなすから、文句も言いづらいのだろう。息抜きに外出をしたい、という要望も許されるレベルである。

ただ、護衛を振り切って放浪してしまうのは、本当に困るらしい。

「リオン、今度よく効く胃薬、作ろうか」

「そ、そうだね」

ケニーの提案に、リオンは頷いた。

「あー、それにしても、リコの問題も俺が片付けたかったぜ。解決したのは何よりだが、そっちで力になれなかったのは正直悔しい」

「その分、マッケン様は国のために仕事をしてくれていたんですよね。私のことはブラウニーズの方々やステラができましたが、そちらの仕事はマッケン様にしかできません」

リコ姫が言うと、マッケン王太子はそうかそうかと上機嫌だ。

「リコ姫様、もっと言ってやってくれ」

デイブとしては、マッケン王太子の機嫌がよくなるのは悪いことではない。

「仕事が片付いたのなら、またどこかのダンジョンに遊びに行きましょう」

「だな」

「駄目だ、このカップル……」

デイブは、ガクリと項垂《うなだ》れた。


一方その間、デックス博士は真面目に仕事をしていた。

ケニーのゴーレム玉であるタマが記録していた映像から、レポートを作成していたのだ。もちろんこの後、直《じか》にリコ姫の体内を探索したリオン達からの聞き込みもしなければ、レポートは完成しない。あくまで今、作成しているのは仮のモノである。

「ふぅむ、魔物化の呪いが解けた後の副作用には様々な症状があるのですが、今回は大変貴重な資料となりそうですな。これは王国会議でも共有する案件でしょう」

「デックス爺。王国会議開催まで時間がないが、間に合うか」

ふぅむ、とデックス博士は唸り、リオン達に視線を送ってきた。

「間に合わせはしますが……ブラウニーズの皆さんが解決したことなど、どこまで書けばいいか、頭の痛い内容ですな」

この場合は、リーダーであるソーコの案件だろう。

「厄介事に巻き込まれそうだからボカしといて……と言いたいところだけど、普通に依頼として片付けたことだし、書いてくれて構わないわよ」

ソーコの考えは、リオンと同じだった。変にボカすと、資料として説得力が薄れそうな気もするのだ。

「ええ。目立つのはあんまり好きじゃないですが、冒険者やってたらそういうこともありますからね。報告書としてはあったことをそのまま書いてもらえれば、こちらは全然いいです」

さらにケニーも、自分の考えを付け加えた。

「そう言ってもらえると、助かりますぞ」

こうして、リコ姫の体質は改善されたのだった。

第三話　生活魔術師達、ロビー活動に勤しむ

エムロード王都。

王国会議に臨み、各国の大使はあちこちのホテルに部屋を取っていた。

そんな中の、中級のホテル。

ペンローゼン王国の大使であるティー・サリャンは、そんな部屋の一つにいた。

下手をすれば子どもと見間違う小柄な人物だが、禿頭《とくとう》と立派な髭を蓄えた顔つきは、四十代半ばという年相応だ。

日はとっくに落ちており、窓の外は星が瞬く夜空である。

城下町を見下ろせば、様々な店舗の灯りが明るく賑やかな雰囲気が伝わってくるが、サリャンにそんな景色を楽しむ余裕はなかった。

大使が使用する部屋だけに、それなりに豪華であり、リビングや寝室の他、執務机なども用意されている。

そんな部屋の真ん中で、ガウン姿のサリャンが両手を広げた。

「おのれ」

叫ぶと、サリャンは腕を後ろに組み直し、部屋の中を忙しなく歩き始める。

「おのれおのれおのれおのれエムロード！」

天井に向けて、サリャンは咆哮《ほうこう》した。サリャンは演劇が大好きで、若い頃は実際劇団員だったこともある。

よってその動きもオーバーで、ついつい芝居がかってしまうのだった。

「悔しい妬ましい羨ましい！　何故！　どうして我がペンローゼンには魚人の島がない！　世界樹がない！　アレもコレもみんな、余所《よそ》の国だ！　ああ、実に本当に腹立たしい！」

部屋の中央で、サリャンは踊りながら歌うように愚痴をこぼした。

彼の属する国ペンローゼンはかつて、多くの精霊術師を抱え、サフォイア連合王国の中でも一、二を競う強国であったこともある。

ただし、あくまでかつてである。

「……そしてどうして我が国には、馬鹿な精霊術師は存在するのだ。クソ、クソクソクソクソ……あの精霊術師……絶対に許せん！　ああああ、思い出しただけで腸《はらわた》が煮えくり返る！」

ペンローゼン王国が凋落《ちょうらく》したのは数年前のこと、国の重要施設である精霊機関が暴走し、しかも特産物である精霊石の大半も失われてしまった事故があった。

原因は人災。

国家精霊術師である老人が、無断で実験をした結果であった。しかも実験後は失踪してしまい、ペンローゼン王国は賞金を掛けているが、未だに捕まっていないという状況である。

何にしろこの事件を切っ掛けに一気に国力を落としてしまい、サフォイア連合王国内での発言力も低下してしまったのであった。

一方で、エムロード王国は天空城が出現するわ、世界樹は百年に一度の開花で森妖精《エルフ》の郷《さと》が一気に賑わうわ、あくまで噂話だが聖人が現れただの、いつの間にか極東ジェントと国交を結んだだの、とにかく成長著《いちじる》しい発展を遂げている。

ペンローゼン王国が嫉妬するのも、無理はないのだった。

「だが、今しばらくの辛抱だ。天空城の一件。コレをネタに、エムロードの立場を引きずり下ろしてくれる……」

天空城はエムロード王国に出現するも、しばらくすると海に沈められた。

連合王国の連携なしに、エムロード王国の独断である。

これは大きな問題であり、深く追及するべき内容であった。

そしてもう一つ。

執務机の上に、サリャンは視線をやる。そこには手紙の入った瓶があった。

「ふふふふふ、楽しみだ実に楽しみだ。あーっはっはっはっは！」

サリャンが高笑いをしていると、ノックの音がした。

扉を開けると、ホテルの従業員であった。

『あのお客さま……申し訳ございません。夜中に大声で歌うのは、少々お控え願えませんでしょうか。あと、下の階から苦情が出ておりますので、強く床を踏むのもご遠慮いただけますか？』

最高級のホテルなら防音も万全だろうが、中級のホテルはそれほどでもない。

大きな音を立てれば、隣や上下の部屋に響くのである。

「ぬ、いや、これは失礼した。ついつい興奮してしまったようだ」

サリャンは従業員に、ペコペコと頭を下げるのだった。

他国相手には居丈高《いたけだか》に挑むが、個人的には小心者なのである。

◇◇◇

エムロード王城。

その客間で、リオン達は自分達を呼び出したデイブと、テーブルを挟んで話し合うこととなった。

城門の警備についていた兵士達は、宮廷魔術師筆頭であるインテル・ハインテルが用意したローブのことを聞いていたのだろう、問題なく入場することができた。

城に入ってからは、侍女の案内でここまで来ることができた。

内容は王国会議に出てくるであろう、議題に関することだった。

「王国会議だが、天空城の事件が取り上げられることになってな」

エムロード王国に天空城が出現したことは有名だ。

確かに議題に取り上げられても、おかしくはない。

なので、リオン以外の二人も驚くことはなかった。

「まあ、無理もないでしょうね。あんな派手なモノが空に浮かんで海に沈めば、どうなってるんだって話にはなるでしょう」

「確かにあそこには私達もいたけど、何か問題があるの？」

「問題は……あるといえばあるし、ないといえばない。あの一件のレポートは提出してもらったし、上手いこと話が進めば俺達だけでどうにかなる。そういう意味では問題はねえんだよ」

デイブの話を聞き、問題のない方は分かったけど、じゃあある方はなんだろう、とリオンは首を傾げた。

「この天空城の一件が話に出てくるっていうことなんだが……問題がある方は、ペンローゼン王国って国が厄介でな」

おや、とリオンは知っている国名が出て、思わず手を合わせて反応した。

「あ、精霊術で有名な国ですね」

「知っているのか、リオン」

デイブが、意外そうに聞いてきた。

「兄弟子が、その国で研究しているはずなんですよ。ただあの国、ちょっと前に大きな事故があったんですよね」

ナナシの魔女のところには、ステラ以外にも、何人かが出入りをしていた。

そのうちの一人が、精霊術と錬金術の使い手で、人工精霊の研究を進めていた。精霊は基本、自然の中に存在し、彼らの力を得るには契約を結ぶ必要がある。

しかし精霊は気まぐれで居場所も安定せず、それが難しい。

兄弟子は、その問題点を克服するべく、人の手で精霊を作ろうとしていたのである。

といってもこの兄弟子が師匠に師事していたのはリオンが魔女の家で生活するよりずっと前であり、直接会って話をしたのもごく短期間のことだ。

それでも、彼が精霊術師兼錬金術師であり、かつペンローゼン王国に居を構えていたということぐらいは、憶えていた。

なので、事故のことも記憶にあったのだ。

「そうだ。国が進めていた精霊炉という施設が大爆発を起こしてな。その影響で、色々と国力を落としてしまった。今は、その挽回《ばんかい》で必死な状況だ」

「その挽回の一環が、今回の王国会議の天空城の議題ですか。……ああ、何で他国の調査団を待たなかったとか、勝手に海に落としたとか、そういう感じの話になりそうですね」

「何よそれ。言いがかりじゃない！」

ソーコが立腹し、一方デイブは肩を竦めた。

「他国を牽制《けんせい》していたのは、間違いねえよ。あんなモノが空に浮かんだとして、余所の国の干渉なんて当分されたくねえだろ。ウチの国じゃなく余所の国でも同じようにする」

「あと、この国が勝手に天空城を海に落としたは完全に言いがかりですけど、事実を知っていると苦笑いしか出ないですね」

ケニーは自分で言った通りに、苦笑いを浮かべた。地上に落とせるような場所はなかったのだ。

海に誘導して、沈めるしかなかったのである。

「そうなんだよな……おおよそのところは、現場であったことそのまま話すだけなんだ。天空城とは滅亡寸前だったオルドグラム王朝が造り上げた箱船であり、地上に現れたのは再び地上に王朝を築き直すためだったってな。地上を津波で洗い流したという海底女帝ティティリエからも、裏付けは取ってある」

「ペンローゼン王国が絡んで一番問題になりそうなのは、どの辺ですか」

ケニーの問いに、デイブは眉根を寄せた。

「……ある意味、全部だ。ぶっちゃけ面倒くさいから、天空城関連の議題そのものをなくしてほしい」

「そうはいかないのが、現実ですねぇ」

悩むデイブに、ケニーが笑う。

「正直なところ、天空城を海に沈めた理由というか原因が一番ヤバいな。レイダーの一件だ」

「ああ、それは確かに」

ケニーは頷いた。

レイダー・ハイン・モーリエ。王族の一人で、デイブの腹違いの弟に当たる。

眉目秀麗であり、剣術の達人ということもあって、殆ど表舞台に立たないデイブと違って国民からの人気が高い。

リオン達も、天空城で直接会っている。

なので、その本性がとてつもない女好きで、泣かせた女性は数知れず。また選民《エリート》思想が強く、リオン達ブラウニーズも生活魔術師だからと、役立たず扱いをされたこともあった。

そのレイダーだが、天空城が沈んだ際、行方不明になっている。

「全部、暴露したくはあるけど、そうするとこの国が困るわね……」

ソーコが、遠い目をした。

「ああ。レイダーが天空城の最重要施設である制御室に無断で入り込み、その結果、天空城のセキュリティシステムが、施設保護のため、機能を完全に停止させた……で、浮遊機能まで停止した。地上に落とす訳にはいかなかったから、海に沈めた。言える訳ないだろ、こんな事実」

デイブが、深々とため息を漏らした。

そう、これが、天空城水没の真相である。

「まあ、アイツが原因であることを伏せるのは可能だが、現場にいたという事実は隠せねえんだよな。何せ、探索前にアイツ、派手に出兵式を行っていたから」

だからこそ、レイダーが天空城探索の後、行方不明になったという扱いになったのである。

人気の高い王族の失踪に、落胆する国民は多い。

「何にも知らなかった当時なら、ちょっと野次馬していたかもしれないわね。今は真っ平ごめんだけど」

ボソッと呟くソーコである。

レイダーの本性を知った今では、まるで探しに行く気になれないのは、リオンも同じであった。

「そういう訳で、いなかったことにはできねえ。……まあ、天空城といっても広いからな。別行動を取っていたということにしたいと思っている。ゴリアス・オッシにも同じことを話すつもりだ」

「まあ、行動を把握していなければ、いつの間にかいなくなってもおかしくないですからね」

ケニーは頷いた。

「悩みの種はもう一つあってな」

デイブの呟きに、はてまだ何かあるのだろうかと、リオンは疑問に思った。

答えたのは、ケニーだった。

「ああ、俺達ですか」

「え？」

「『え？』じゃないぞ、リオン。今の話の流れだと、ペンローゼン王国がこの議題を持ち出した時、当事者であるブラウニーズを会場に召喚要請するかもしれないってことなんだから」

「えええええ⁉　む、無理だよ、そんなの⁉」

リオンは大きく首を横に振った。

各国の偉い人達の前で、何を話せというのか。

しかし、そんなリオンの反応に、ソーコは呆れていた。

「……そういう拒絶反応しておいて、現場に立つと意外に一番最初に肝据わるの早いのが、リオンだったりするんだけど」

「まあ、ボルカノさんに初めて会った時よりは、マシだと思うぞ」

「ぴ！」

リオンの頭上で、フラムが鳴く。

母親は、火龍ボルカノである。

各国の偉い人達などとは比較にならない相手であった。

「何の慰めにもなってないよ、それ」

格が違いすぎて、比較対象になっていないと思うリオンであった。

ちなみにデイブも、ある程度ブラウニーズの『やや特殊な交友関係』は把握している。

「何がヤバいといって、ブラウニーズの人脈《コネ》だ。世界樹の麓で霊獣の世話をした時のことを考えると、面倒くさいことになるぞ。俺様達……つまり国もそうだが、お前達個人もだ」

「ああ、引き抜きとか？」

ケニーが素早く答えをはじき出した。

なるほど、霊獣の知己が多いと知られると……つまり、自国にリオン達を引き入れるということは、もれなく霊獣達も付いてくる、ということになる。

そう考えても、おかしくはない。

ただ実際は、リオン達の知り合いの多くはその土地に居座っているので、リオン達が余所の国に移動したからといって付いてくる訳ではない。

その辺りは考えていないか、精霊等の契約と同じと勘違いしているか、しているのだろう。

そもそも、人間の友人であっても、自分が余所に行くから友人も一緒に付いてくる、なんて道理はないのである。

ちょっとズレてるなあ、と思うリオンであった。

「引き抜きとなると、金とか身分とか領地とかを提示してくるだろうな。いるか、それ？」

デイブの問いに、ケニーもソーコも首を振った。

「お金は欲しいですけどね。それって結局借りじゃないですか。金やるから仕事しろってことでしょ。で、その手の人達が押し付けてくる仕事って、だいたい無理難題なんですよね」

「なるほど、面倒くさいわ。そう考えると、デイブ殿下がそれ言わないのって不思議ね。この国のスタンス的には、どうなの？」

すると、デイブはハッと鼻で笑った。

「頼りにはするが、アテにはしねえ。ブラウニーズに限らず、生活魔術科がそういう性格だろ」

そしてデイブも、首を振った。

「いらねえってもんを押し付けても、そっちが不愉快なだけだろうしな。一番怖《こえ》えのは『一切干渉しません。住みやすい場所に家を用意しました。研究したいなら費用用意します。仕事を頼む時はその都度交渉』とか、そういうタイプの提案だが……まあ、お前達の事を知らなきゃ、余所の貴族が提示するとは思えねえ条件だな」

「今のところ、引っ越す予定はないですねえ。最低でも、魔術学院の卒業はしておきたいですし」

ケニーが言い、それにソーコとリオンも頷いた。リオンの頭上で、何故かフラムも頷いていた。

リオンがノースフィア魔術学院に入学したのは、師匠の勧めである。

金や地位に目が眩《くら》んで、これを蔑《ないがし》ろにすることはできない。……そもそも、あまりそういうモノに惹かれることはないが、もしも実際に引っ越すようなことになったら、師匠にどんな目に遭わされるか分からない。

……いや、むしろ愛想を尽かされる可能性の方が高いかな？　などとリオンは考えた。

「何にしろ、できるだけお前達が表舞台に立たないようにしたいところだが……議会に参加する覚悟だけはしといてくれ」

「うぅ、覚悟そのものをしたくないなぁ」

考えただけで、胃の辺りが痛くなるリオンであった。

「こういうのって、大体現実になっちゃうのよね」

ソーコが縁起でもないことを、ため息と共に呟いた。勘弁して欲しい。

「そもそも、俺達がそういう場所に出ないで済むようにするって、できるんですか？」

ケニーが、いい質問をした。

それができるなら、悩みは解決だ。

「それは……」

デイブが口を開いたところで、ノックの音がした。

デイブが壁際に立つ執事に許可をすると、扉が開いてマッケン王太子が入ってきた。その後ろには、リコ姫とステラ・セイガルの姿もある。

「邪魔するぜ」

マッケン王太子達のさらに後ろに、壮年の男性も付いてきていた。頭に王冠を載せている。

「ぁ――」

リオンが驚きに声を上げそうになっているのに気付いた男性――このエムロード王国の国王であるマズル・ハイン・モーリエ――は「シーッ」と悪戯《いたずら》っぽく指を口に当てて、そのままマッケン王太子達に続き、部屋の奥に向かった。

他の皆は、王様が一緒にいることに気付いた様子がない。

部屋の奥にあった椅子を持つと、テーブルを挟むリオン達とデイブの間に椅子を置き、そのまま座った。

え、何で誰も気付かないの、これ。

フラムですら、気付いていないようだ。

王様の態度から、どうやら黙っていた方が良さそうなので、知らない振りをすることにした。

「話はどこまで進んでる？　時間的に、ブラウニーズをなるべく表に出さないようにって辺りか」

マッケン王太子はそのまま、デイブの横に座った。

リコ姫はさらにその隣、ステラはリコ姫の後ろに立った。

マッケン王太子のあまりに的確な推測に、ケニーが目を丸くしていた。

「話、聞いていたんですか？」

「……防音のはずよね、ここ」

ソーコの問いに、デイブが諦めたような表情で頷いた。

どうしてそういう表情をするのだろうとリオンは思ったが、答えはマッケン王太子が出してくれた。

「デイブがお前達を呼んで話をするっていう情報があれば、大体内容は察しが付く。で、来訪が朝《あさ》一《いち》ってこともないだろうし、時間を逆算すればどの辺まで話が進むかなんて、推測できるだろ？」

できない方がおかしいだろ、とマッケン王太子は首を傾げていた。

それに対して、ソーコとデイブは首を振っていた。

「……いや、平然と言ってますけど、普通できないでしょ」

「マッケン兄上、できねえよ」

「方向性は違うけど、リオンに通じる才能を感じるなぁ」

ケニーが口元を引きつらせながら言う。

「どうも既視感を覚えていたが、なるほどそれか」

「わたし、そんなすごい才能ないんだけど⁉」

「才能の方向性が違うだけで、近いモノはあると思う」

「えぇー」

ケニーの言葉に、ソーコやデイブも頷いているので、リオンは反論を諦めた。

そこで、今まで黙っていた王様が、口を開いた。

「――では、話を続けてもらおうか」

「うわっ⁉　――と、失礼しました」

声を上げて立ち上がったのはケニーだったが、ソーコの尻尾は逆立《さかだ》つわ、デイブは香茶を噴き出しそうになって噎《む》せるわと、ちょっとしたパニックになっていた。

立ち上がると、椅子に座っている王様を見下ろすことになることに気付いたケニーは少し迷い、ソファに座り直した。

王様は軽く手を振って、不敵に笑った。

「楽にしてくれて構わんよ。息子の友人だ。公的なモノなら咎めもするだろうが、そうでないならいちいち畏《かしこ》まられても、こちらとしてもやりづらい。ゴドー聖教との一件以来になるか。久しぶりだな。コイツらの父親、マズル・ハイン・モーリエだ」

「……いつの間に、座っていたのかしら」

逆立っていたソーコの尻尾は、元に戻っていた。

「え、普通に入ってきて、座っていたよ？　何でかみんな気付いてないし、王様からも黙っていて欲しいって合図されたから、黙ってたけど……え、と、お邪魔しております」

リオンは、王様——マズル王に頭を下げた。

「な？　兄上に似てるだろ？」

デイブがマッケン王太子に言う。

「ちょっと複雑な気分だな」

「……っていうかこの国の王族って、普通の人いないの？　まったく気配を感じなかったんだけど」

ソーコが呆れた声を上げた。確かにリオンも、王族のキャラが濃い気がした。

マズル王は得意げに胸を反らした。

「王族は、それぞれ護身術を学んでいる。マッケンは剣術と魔術の両方だし、レイダーには剣術の才能があった。儂《わし》の場合は隠形術《おんぎょう》だな。気配を消すことに長《た》けている。稀《まれ》に何となくで使って、人を驚かせることもあるがな」

「うわぁ……いい趣味してるわ」

ソーコが小声で呟いていた。

「執事さんに変装して、部下達の本音をこっそり聞いたりとかですね」

顎に手を当てながらケニーが言うと、マズル王は愉快そうに笑った。

「分かるか」

「……今、俺達を驚かせたやり方を考えると、そういうこともやりそうかなと。……あと、マッケン王太子殿下は間違いなく、陛下の血筋だと思いました」

「ふはははは、儂も若い頃は、よく城を抜け出したモノよ」

「だから、親父はマッケン兄上に甘いんだよ」

デイブが、ゲッソリとした顔で不満を漏らした。この国の最高権力者が王太子の脱走癖を擁護しているのなら、部下達も文句を付けづらいだろう。

王城の人達は大変だなあ、とリオンは思うのだった。

ソーコはふと、何かを思い付いたようにデイブを見た。

「あれ、護身術っていうけどデイブ殿下は何か習っているの？」

「色々やってみたが、無駄だと分かったからその分勉強に充《あ》てた。あと、今は護衛が用意できたから、必要もねえしな。ノインがやられたら、その時点で俺様は詰みだ」

デイブの後ろにいるノインは、無言だ。

代わりに答えたのは、その隣に立つステラだった。

「ノイン嬢は相当に強い。生半可《なまはんか》な相手では返り討ちだな」

「え、ノイン、いつの間にかそんな強さになってるの？」

「——特に、格闘術を中心に、座学と実習を繰り返しました」

驚くソーコに、ノインは表情を変えず答えた。

「ま、一番は荒事にならないことだな。役に立たないことを祈るぜ」

確かに、ノインが戦うような事態にならないことが第一だろう。デイブ自身はあまりそうした荒っぽい現場に立つことはないようだが、ゼロではない。

実際、天空城ではデイブも何度か危ない目に遭ったことはあるのだし。

そんなことを考えていると、リコ姫の後ろでステラが呟いた。

「……それにしても、話の内容的に、私はこの場にいていいのでしょうか」

「他国の人間だからですか？」

「その通りだ」

ケニーの問いに、ステラは頷いた。

デイブが眉根に皺《しわ》を寄せる。

「リコ姫様がマッケン兄上に嫁ぐんだから、アンタも一緒について来るだろう？　まさか、裏切るつもりか？」

「まさか。あり得ない話です」

ステラは、大きく首を横に振った。

「なら問題ねえ。この国でトップクラスに偉い人間が複数人認めているんだから、今更とやかく言うことはねえだろう。もし、アンタが裏切るようなら、親父の人の目を見る目が節穴だったってだけの話だ」

「一応非公式の場とはいえ、王の目を節穴呼ばわりするか、デイブよ」

「たられば の話ですよ、親父殿」

苦笑いをするマズル王と、ニヤリと笑うデイブの顔はよく似ていた。

パン、とマッケン王太子が手を叩いた。

「話を戻そう。天空城事件に関しては、ほぼデイブとレイダーの活躍によって海に沈んだという事になっている。天空城が機能を停止し、墜落しそうになったので海に沈めた。レイダーはその際に、行方不明になったという形だ」

マッケン王太子の説明に、その場にいた全員が頷く。当事者じゃないリコ姫やステラが頷いたのは、共有した情報を理解したという意味だろう。

「……嘘は言っていないわね」

ソーコがケニーを見た。

「本当のことでもないけどな。墜落の原因自体が、レイダー殿下だったし」

今のマッケン王太子の話だと『天空城が』と『機能を停止し』の間に本当は『レイダー殿下のせいで』が入るところである。

ここに、マズル王が話を補足した。

「極力、ブラウニーズのことは伏せてある。主にデイブの手伝いをしたという形にしてあるし、これも嘘ではない」

なるほど、とケニーは頷く。

「確かに、デイブ殿下の専属依頼という体《てい》を取りましたし、間違いではないですね。殿下の指揮で動いていたのも事実です」

「まあ、それでもかなり無理がある。深く突っ込まれたら、ボロが出るだろう。ならばどうするか。深く突っ込まれないようにすればいい」

……そこの解決策が、問題なんじゃないだろうか。

リオンがソーコを見ると、口をへの字にしていた。どうやら考えていることは同じのようだ。

「だからそこをどうすればいいのか、という雰囲気だな、イナバ・ソーコ。要は会議で味方を増やせばいい。天空城事件はその報告で充分、という流れにしてしまえばな」

マッケン王太子が言うと、ケニーはなるほど、と呟いた。

「……ロビー活動って奴ですか」

「その通りだ、ケニー・ド・ラック。連合王国は九つの国で成り立っている。我が国を除けば四つの国を味方にすれば、話は通せることになるな」

するると、リコ姫が小さく手を挙げた。

「ベリール王国は私にお任せ下さい。説得してみせます」

「我が国の陛下の為人《ひととなり》を考えると、大丈夫かと思います」

リコ姫を助けるように、ステラも言葉を補足した。

どうやらベリール王国は、エムロード王国を助けてくれそうだ。

「あと三つか」

デイブが、四つ立てた指を一本曲げた。

「あ、カコクセン王国の王族に、ちょっと知り合いがいます」

「ああ、アナ・トルー・カウス先王妃ね」

ケニーとソーコが言うと、デイブが呆れた顔をした。

「……俺様の知らない間に、妙な人脈を作っているんだよな、お前達は。確か、彼女はオブザーバーとして参加していたはずだ」

もしかして、デイブ殿下は参加者全員の名前と顔を覚えているのだろうか。すごいなぁ、とリオンは素直に感心した。

「ちなみに今、国で研究してもらっている鏡魔術。極東ジェントと通じているアレですけど、元々はアナ・トルー・カウス先王妃から教わったモノです」

ケニーが言うと、マズル王は目を丸くしていた。

「何と⁉　……いや、それにしたって、いつの間にそんな人脈を作っていたのだね、君達は」

「ブラウニーズがこの国から出たって情報は、なかったはずだろデイブ」

「ああ、極東ジェントを除いてはな」

マッケン王太子の問いを、デイブは肯定する。

「まあ、そこは色々とあるんですよ。件の鏡魔術みたいな例もありますしね。……ステラさん」

「分かっている」

ケニーが促すと、ステラがリオンを見た。

鏡魔術の入手先が魔女の森であることを、察したのだろう。そして、魔女の森に関する内容は、魔女達の秘匿《ひとく》事項である。例え相手が王族でも、答えることは憚《はばか》られる。

「どういうこと、ステラ？」

リコ姫が、後ろのステラを振り返るが、彼女は首を振った。

「申し訳ございません。これは姫様にも話せないことになります」

「……そう。分かった」

リコ姫は拗《す》ねるように唇を尖らせたが、ステラの拒否を素直に受け止めた。二人は幼馴染みという話だし、ステラが話せないというからには断固として答えてくれないことも、理解しているのだろう。

「ただ、私的には友好関係にありますが、国同士の関係となるとまた違ってくるかもしれません。

なので、交渉自体はデイブ殿下も同席でお願いできますか？」

「確かに、公私混同は避けるべきだろうし、そういうことなら俺様もいた方が良さそうだな。任せろ。最初から友好的なら、それだけでも相当楽だからな」

ふむ、とマズル王は頷いた。

「では、儂の方で残りは任せてもらおうか。いくつかの国に声を掛けてみよう。あと、カコクセン王国の先王妃との会談の場は、こちらで用意しておくぞ」

「ありがとうございます。あ、そうそう、デイブ殿下」

ケニーはマズル王に礼を述べ、懐から取り出したメモをデイブに渡した。

「何だ、これ」

「『交渉材料』です。使わないで済むなら、それに越したことはない程度のメモですよ」

「分かった。預かっておこう」

デイブはメモを、胸ポケットに収めた。

「それにしても……」

マズル王が、小さく言葉を漏らした。

「はい？」

「いや、お前達は当事者ではあるし、この話し合いにも参加しているとはいえ……国同士の交渉事にも、普通に関わっているのは奇妙な感じがするな、ブラウニーズよ。妙に手慣れておらぬか？」

「外交なんて、やったことはないけど……」

「……色々な種族と関わってきてるからねえ」

「違いない」

「ぴぃあ」

ソーコ、リオン、ケニー、フラムは顔を見合わせ、苦笑いを浮かべるのだった。

◇◇◇

王立会議場ロビーは、様々な人が行き来していた。

エムロード王国の文官はもちろん、他国の使者や貴族も多い。

「データは届きましたか？　確認して問題がなければサインをお願いします」

「はい、こちらの準備は済んでいます。——了解しました。その旨、伝えておきます。ロビーではなく部屋の方に直接お越しください」

忙しなく歩く人も、壁や柱にもたれている人も、その多くが耳に小さな魔道具——遠話器を装着し、手にはタブレットを携えていた。

この二つは、ケニーの作った人工知能型ゴーレム『エリーシ』と連動しており、王国会議に関する様々な情報を共有することができる。

元々は冒険者ギルドの効率化のために開発したモノなのだが、その有用性に目を付けたデイブが、王城でも使うように、ケニーに設置を頼んだモノだ。

それが今回、王国会議でも使用されている。

当然、各国の機密に触れることは、他国に流出されることがないようケニーが調整を行っているし、ケニー自身も連合王国に加入している国の数だけ、契約書にサインをしてあった。

「……エリーシと遠話器、大人気だねえ」

デイブの後ろを付いて歩きながら、リオンが言う。

エムロード王国の貸し出しという形で渡した遠話器とタブレットだが、いつの間にか王国会議の関係者、ほぼ全員が持つようになっていた。

「あんなモノ、冒険者ギルドだけに使わせるのは勿体《もったい》なさ過ぎるだろ。王宮の文官達はもう、アレがなきゃ仕事にならねえって言ってるぜ」

「そりゃ、作った甲斐がありますね。でも殿下、権利は譲ったんでどこに渡すかはお任せしますけど、あんまり量産はできないですからね、エリーシ《あれ》」

遠話器やタブレットは、宮廷魔術師でも作ることができるよう、ケニーは設計図を渡してある。

しかし、エリーシはケニーの『七つ言葉《セブン・ワード》』がなければ、今の技術では作ることができないのだった。

故に、新たに欲しい場合はケニーに注文するしかないのである。

「分かっている。他の国も欲しがっちゃいるが、安売りはしねえよ。……事務仕事の効率が数段跳ね上がるからな。交渉材料としちゃ、抜群の代物《しろもの》だ」

クックック、とデイブが肩を揺らして笑った。

「うわ……デイブ殿下、今、背中しか見えないから分かんないけど、メッチャ悪い顔してるでしょ」

黒いオーラのようなモノを感じて、ソーコはドン引きしていた。

振り返ったデイブの顔は、なるほど悪人のような笑顔であった。

「元々、いい人相じゃねえからな。今更だ。それにこのツラも、交渉時には有利なんだよ。相手が腹黒い時なんかには、特に」

「あー、代官様と悪徳商人的な」

なるほどね、とソーコは相づちを打った。

「ああ、勝手にこっちを仲間だと思ってくれて、大変あり難《がて》え」

そんな話をしながら、一行は目的の人物と打ち合わせの約束をしている、応接室に向かうのだった。

◇◇◇

会議場のいくつかは、各国の控え室として使用されている。

普段使用されているテーブルや椅子は撤去され、各国の色に合わせた絨毯《じゅうたん》が敷かれ、調度品が置かれている。

その一つ、カコクセン王国の要人達が利用する部屋を、デイブはブラウニーズを率いて訪れた。

壁に貼られたカコクセン王国の国旗を背に、アナ・トルー・カウスは椅子に座り待っていた。他は侍女や警備の人間。

この国の他の要人は、おそらく彼女の指示だろう、不在であった。

デイブ達を見て、アナ・トルー・カウスは立ち上がった。

「エムロード王国の王子、デイブ・ロウ・モーリエです。後ろにいるのは、世話係のノイン」

「ご紹介、ありがとうございます。カコクセン王国の先の王妃、アナ・トルー・カウスですわ。お久しぶりですね、三人と……フラムさん」

デイブと握手を交わしながら、アナ・トルー・カウスは後ろにいるリオン達を見た。

「ぴぁ！」

「お久しぶりになります」

元気のいいフラムの鳴き声が部屋に響く。

ケニーは一礼している、というところか。

握手を解き、デイブ達もアナ・トルー・カウスも、それぞれ席に座った。

「話に関しては、事前に伺っておりますわ。私の力を借りたいとか。ただ私はオブザーバーの立場なので、王国会議内での発言権はありませんよ？」

「それは承知の上。助力を願いたいのは、その前段階です」

外向きの話し方で、デイブは応じた。

デイブは手早く、今の状況を説明する。

今回重要なのは、根回しなのだ。

話を聞き終えると、アナ・トルー・カウスは頷いた。

「確かに、会議が始まる前なら多少、私も力になれますわね。悩みどころは天空城事件に関してですか……ふーむ」

「もちろん、ただでとは言いません」

デイブの申し出に、アナ・トルー・カウスは軽く微笑んだ。

「ただでも、構いませんわよ？　そちらの皆さんとは知らない仲でもありませんからね」

そう来るだろうな、とデイブはケニーに視線をやった。

デイブに代わり、ケニーがアナ・トルー・カウスに向き合った。

「そういう訳にもいきませんよ。ただほど、高いモノはありませんからね……とはいっても、支払えるモノは、カウス師匠からお借りしたモノを返却することぐらいですが」

ケニーとアナ・トルー・カウスの間に、ソーコの時空魔術で展開された亜空間が発生し、魔導書が出現した。

アナ・トルー・カウスの鏡魔術が記された魔導書である。

どこで手に入れたのかはデイブは知らない。

しかし、アナ・トルー・カウス本人のモノならば、取り返したいだろう。

「本当に構いませんの？」

さすがに、アナ・トルー・カウスは慎重だ。

「助力を確約してくださるなら。一応、契約書も用意してもらっています」

ケニーは、書類とペンをテーブルに滑らせた。

「念の入ったことですわね。ですが、そういう気遣いは、嫌いではありませんわ。……さ、書きましたわよ」

あっさりと契約は終わり、ケニーは書類のオリジナルと写しをこちらと向こうで分けた。

「ありがとうございます。それじゃ、こちらがお預かりしていた魔導書になります」

そして、魔導書がアナ・トルー・カウスに渡った。

中を改め、アナ・トルー・カウスは唸った。

「……間違いなく本物ですわ。本当によろしいの？　自分で言うのもなんですけれど、とても役に立つ本ですのに」

「あ、はい、大丈夫です。全部、書き写しましたから」

「……え？」

ケニーの言葉に、アナ・トルー・カウスの目が点になった。

呆気にとられる彼女に、ソーコが言葉を加える。

「さすがにあの内容全部憶えるのは、無理でしょ。そりゃ別の本に書き写すわよ。……あ、もしかしてそれもマズかったり、するの？」

「い、いいえ、そうではなくて、魔導書の作成は、筆記に普通に魔力を使用するし、書き手の癖もあって、とても難易度が高い上に時間が掛かるの。……え、もう写本を終えた……全部？」

アナ・トルー・カウスの視線をデイブが追うと、リオンにいきついた。

「は、はい。もちろん、わたしだけじゃとても無理でしたよ。だから、色んな人の力を借りたりとかしました。なので、原本《オリジナル》の方には何も手は加えていません。大丈夫です」

「……手を貸した人って、師匠さんは当然として、もしかしてボルカノさんとか？」

ソーコが尋ねるということは、彼女やケニーも知らないということか。

デイブは黙って、成り行きを見守ることにした。

「ぴ！」

「そうみたいね。あ、そういえばスズルとインクがどうとか相談してたし、そっちも関わってる可能性があるわ」

デイブは頭の中にある、人物リストを照会する。

スズルというのは、錬金術科のスズル・ノートダルか。

魔術学院の薬草園の管理もしているが、ここで名前が出てくるということは、かなり優秀なのだろう。

そんなことをデイブが考えていると、アナ・トルー・カウスはいそいそと魔導書を懐に収めた。

「ま、まあ、原本が戻ってきてくれるならば、私としては文句はありません。約束通り、エムロード王国の話に、カクセン王国も口裏を合わせましょう。無理難題なら厳しいでしょうが、この内容ならば問題ありませんわ」

「助かります」

デイブが言うと、アナ・トルー・カウスの視線はデイブの後ろに向けられた。

「それはそれとして……後ろのお嬢さんが気になりますわね。どちらの出身ですの？」

デイブは頭を振った。

「ただで明かすのは勿体ないですな。また何か交渉事があったら、それと引き換えに教えてもいいですがね」

「あらまあ、何となく見当はつきますけど、その時を楽しみにしておきますわ。ああ、そうそう。もしかするともうお察しかもしれませんが、ペンローゼンにはお気を付けくださいな」

扇で口元を隠すアナ・トルー・カウスに、何故それを、などとは口にしない。

油断ならない人だな、とデイブは思うのだった。

◇◇◇

デイブ達は、王城に戻らずエムロード王国が利用する、会議場の控え室を利用することにした。

話の整理や作戦会議は、早い方がいいからだ。

また、今はマッケン王太子やリコ姫、ステラもこの控え室にいた。

その報告も兼ねていた。

「カコクセン王国の先王妃も警告してくれたってことは、ペンローゼン王国が厄介なことを持ち出す可能性はやはり高いな」

マッケン王太子が唸る。

「根回しの方、他は大丈夫なの？」

「今のところ、悪い報告は入ってきていないな。つまり……」

ソーコの問いにマッケン王太子が答えていると、ノックの音がした。

「入っていいぞ」

「マッケン王太子殿下、デイブ殿下、失礼いたします！」

入ってきたのは、エムロード王国の文官だ。

いまいち、顔色が優れない彼の様子に、デイブは状況が良くないことを察した。

「悪い報告は今からってことだな。何があった？」

「ペンローゼン王国の使者が魚人島ウォーメンに向かい、海底女帝ティティリエ様と接触いたしました！」

「あぁ⁉　何だそりゃ⁉」

デイブは思わず椅子から腰を浮かせて、叫んだ。

確かに天空城は海に沈めたが、だからといって海底女帝ティティリエとの繋がりなど、どこにも知られていないはずだ。

「ひっ⁉　い、いえ、しかし、その……」

文官は叱責《しっせき》を受けたと思ったのか、顔を青ざめさせた。

もちろん、デイブにその意図はなかった。

あまりの予想外に、つい声を荒げてしまったのだ。

「いや、悪ぃ。おそらく、天空城を沈めた地域の調査だって名目だな？」

「は、はい、その通りです。それで……その、海に沈んだ天空城に幽閉されている、レイダー殿下の召喚を要請されました！」

「どういうことだ……？　何で、ペンローゼン王国がそのこと知ってるんだ……？」

ティティリエと接触したということは、つまりレイダーの身柄を彼女に預けたこともペンローゼン王国は知っている。

だが、どこから漏れたのかが、デイブには分からない。

一方、マッケン王太子は冷静だ。

「それを知ってたら、彼はそれも報告しているだろ。っていうか、天空城事件の報告書には俺も目を通したけど、他にその件を知っている人間はどれだけいるんだ？」

デイブは、指折り数えてみた。

「親父と兄上と俺様とノイン、ブラウニーズ、カティ・カー、ゴリアス・オッシ、シグルス、有翼人の連中、ティールとコロン……それと、ブラウニーズに天空城の移動を依頼した、依頼主。結構いるな」

「ブラウニーズは……」

マッケン王太子の視線に、ケニーは肩を竦めながら首を振った。

「余所に話すなら、その旨先にデイブ殿下に知らせてますよ。あと、依頼主については秘密ですが、デイブ殿下がご存じです」

「知ってるけど、たとえ兄上でも言えねえ相手だ。察してくれ」

「……分かった。仮にその人物が余所に話したとしたら、それはそれでしょうがねえってところか」

諦めに似た表情を浮かべるマッケン王太子を、ケニーが否定した。

「いえ……その前に、こっちに教えてくれると思います。なので、その線もないかなと思います」

「ぴぁー」

そうだよ、と言いたげにフラムが鳴いた。

デイブはそれを見ながら、考えを巡らせた。

「だな。というか、レイダーのしでかしたことを考えると、シグルスもねえし、有翼人達も話すとは思えねえ」

「ゴリアス・オッシは？」

「「ない（です）」」

マッケン王太子の問いに、デイブとケニーの言葉が重なった。

「オッシはこの国の貴族だ。国の不利益になることをしでかすなら、爵位を返上してからだろうよ」

「同意見です。色々と因縁のある相手ですが、国に対する忠誠心は非の打ちどころがない人です」

「……ケニーの、そのオッシ先生に対する謎の信頼は一体何なの？」

ソーコは、少し呆れた様子を見せた。

とにかく、とデイブは分かっている事をまとめることにした。

「じゃあ犯人捜しは後回しにするとして、現実的なところから考えよう。つまりレイダーが来るってことだな」

「……うわぁ。考えただけでもう、お腹いっぱいだわ。厄介なことになるイメージしか湧かないもの」

頭を抱えるソーコに、絶対面倒くさいことになるよなあ、とデイブも思うのだった。

◇◇◇

ケニーはソーコに頼んで、水晶玉を出してもらった。

魚人島のことなら、当事者に聞くのが一番早いと判断したからだ。

よく分かっていないマッケン王太子達には後で説明するとして、とにかく話を聞くのが先決だと判断した。

水晶玉は、水晶通信の端末だ。

相手はすぐに応答し、水晶玉にその顔が映し出された。

神官服に身を包んだ、腕が六本ある青年だ。

名をスタークという。

『ようケリー・ザ・ロック。レイダーの件だな』

「誰だよ、それ。まあとにかく、話が早くて助かる」

すると、横で慌てたのがマッケン王太子だ。

「待て待て待て待て。魚人島と通信してんのか、これ⁉　どうやった⁉」

「あ、ちょっと通信水晶を手に入れたんで、そこそこ重要そうなところに配ってるんですよ。他だと世界樹の麓にある森妖精《エルフ》の郷とか……まあ、色々です」

少し離れたところで、ソーコとリオンが顔を見合わせていた。

「……ゴドー聖教の総本山とか、ボルカノさんの寝床とかは、黙っておいた方がいいわね」

「うん、それはさすがにね」

さらに混乱を招きそうだし同感、とケニーは内心で賛成しておいた。

とにかく今は、スタークとの話が先決だ。

『で、ケニー。オレ様ほどじゃないが、そっちのいい男は一体どこのどいつだ？』

「この国の王太子、マッケン・ハイン・モーリエだ。いい男なのは認めるが、上下で言えば俺の方が上だと思うがな」

マッケン王太子の言葉に、スタークはニヤリと笑ってみせた。

『スタークだ。仕事は神様だな』

「俺の知っているスタークって名前の神は邪神の類なんだが」

半信半疑で、マッケン王太子はケニーを見た。

どう答えるべきかな、とこちらはスタークに目配せした。よし、本人に任せよう。

『まあ、オレ様自身は邪神のつもりはねえが、間違ってもいねえんだよなぁ。せっかく早く本題に入ろうと思ったのに、挨拶で時間を食っちまったな。ペンローゼンによるレイダー召喚要請に応じたのは、ティティリエじゃなくてオレ様だ』

「何だと⁉」

マッケン王太子が、水晶玉に詰め寄る。

とはいえ、物理的な距離はかなり遠いし、スタークはまったく動じない。

『だってしょうがねえだろ。ペンローゼン王国の信者達が、いっぱい寄付してくれたんだよ』

「金で売ったのか」

ヘラヘラと笑うスタークに、マッケン王太子は顔をしかめた。

『寄付な。それにこの程度の危機、お前達なら乗り越えられるだろ？』

お前達、の部分はケニー達ブラウニーズに向けられていた。

ケニーは思わず、ため息を漏らしていた。

「信用してくれているっていえば聞こえはいいが、金だけもらって面倒ごとはこっちに丸投げしたってことだよな」

『まあ、そうとも言うな。無理か？』

ケニーの代わりに、デイブが割り込み指一本を立てた。

「貸し一つだ。それよりも気になるのは、レイダーがどうやってペンローゼン王国と繋がったのかだ」

『そうだな。これはオレ様の推測だが、こちらとしても四六時中完全完璧に見張っていた訳じゃねえ。たとえばトイレに入った隙に手紙を流したとか、そういう線は考えられるな。……だとしても、その海に流した手紙が他国に渡るなんざ、恐ろしく低い可能性だが』

「だが、ゼロじゃねえ。もしそれが成功してたとしたら、レイダーはその恐ろしく低い賭けに勝ったことになるな」

実のところ、手段は問題ではない。

レイダーとペンローゼン王国が繋がった可能性が、低くとも存在するその事実が問題なのだ。

「……なかなか、厄介だな。レイダーの件もあるが……」

デイブの言葉に反応したのは、リオンだった。

「ケニー君ですか？」

「ああ。レイダーには、ケニーの作った魔道具を売りつけただろう？　その技術力をレイダーは知っている。そして、小型化した遠話器は今、王立会議場で各国が使用している」

「あ……！」

「エムロード王国側では、誰が作ったかは秘密にしている。冒険者ギルドにも箝口令《かんこうれい》を敷いている。こっちに関しては、手遅れかもしれないけどな。積極的に話さないにしても、職員が世間話として家族に話していたとかはあるだろう」

なるほど、とソーコが手を打った。

「つまり、遠話器やタブレット、エリーシの製作者がケニーであるってことは、その気になれば調べられるって訳ね」

「レイダーの件がなくても調べられるだろうが、他国よりも一歩リードできるだろう。それに、レイダー個人の戦闘力もある」

ペンローゼン王国にとって、レイダーの戦闘力、さらに彼が有している天空城でのできごとやオルドグラム王朝の情報は魅力だろう。

その中には、ケニーの魔道具のことも含まれる。

一方でレイダーはペンローゼン王国の庇護《ひご》を得ることができる。

どちらにとってもメリットがあるのだ。

はー……とソーコは、長い息を吐いた。

「……今更だけど、この国の王族を勝手に解放して、王国会議に召喚するのって、内政干渉に当たったりしないの？」

「厳しいな。この場合、レイダーはペンローゼン王国の助けを借りたとはいえ自分の意思で出たことになるだろうし、スタークの神殿に寄付をしての行動は政治というより宗教的な意味合いが強い」

マッケン王太子の言う通り、言い訳は幾らでもできる余地があるのだ。

「ねえ、今更だけど、ティティリエさんは反対しなかったの？」

ソーコの問いに、スタークは意外な答えを返した。

『いや、むしろレイダーを追い出したかったのは、アイツの方だったぞ。何せどれだけティティリエが痛めつけてもレイダーの奴、剣を振るいながら口説いてたからな。見てたこっちが鬱陶しくなるぐらいだった』

「それは……しょうがないわね」

ソーコもレイダーの為人を知っているので、ティティリエの行動には何の文句も言えなかった。

◇◇◇

夜になった。

中級のホテルの一室で、ペンローゼン王国の大使であるティー・サリャンは大きく両腕を広げた。

服は着替え、寝間着姿である。

「さあ！　ここまでは予定通り！　完璧な仕事である！」

グルリとその場で一回転。

ポーズを決めると、部屋の中を歩き始める。

といっても、部屋の広さ的にそれほど余裕はないが、今のサリャンにとっては些末《さまつ》な事である。

「レイダー・ハイン・モーリエは現在こちらに向かって輸送中。各国の許可も取った。事故でも起こらぬ限りは、王国会議に召喚可能。おっと、こういうのはフラグと呼ぶのかよろしくないな！　事故でも起こらぬ限りは、なかったことにしよう！」

窓に視線をやり、左足でタップを踏む。

不敵な笑みを浮かべ、人差し指を左右に振った。

「危険危険危険……そんなことは百も承知！　レイダー殿下の剣の腕前など、こちらは把握済み！　以前剣術大会で見た腕前、しかと憶えておりますとも！」

パァン！　と両手を打ち合わせ、再び両腕を大きく左右に広げながら、サリャンは天井を見上げた。

「警備も万全。レイダー殿下に武器を持たせることはなく、手錠は後ろ手に。王族に対して大変失礼かもしれないが、これも安全のため。さらに我が国屈指の実力を持つ兵士達の監視付き！　ここまでやって、どうにかできるはずもなし！」

部屋を見渡し、サリャンは時計をズビシッと指差した。

「さあ、いよいよ明日……おっと、そろそろ就寝時間ですな。実に楽しみだ。ふあーっはっはっはっはっはっは‼」

サリャンは高笑いを浮かべた。

……そして、就寝前にノックがされ、ホテルマンから騒ぎすぎとまた叱られるのであった。

◇◇◇

翌日、王国会議が開催された。

議場では様々な議題が挙がり、各国が順番に報告を行っていた。

議場はすり鉢状となっていて、最も奥の深いところが壇上となり、議長が進行を行っていた。

そして、次はエムロード王国の番となった。

『——次、エムロード王国の報告をお願いします』

「はい」

議長の声に、代表となる外務大臣が立ち上がった。

『大丈夫ですか。報告が、相当数に上るようですが』

「頑張ってみますよ、議長。まずは海に関してですが、島の名称が一部変更になりました。イスナン島が大イスナン島へと変わった理由に関しましては、今の一部の隆起によるモノです。その結果、我が国の漁業海域も若干ながら拡張されることとなりました。こちらの具体的な数字については、提出した資料をご覧ください。他には——」

外務大臣は、淀みなく報告を順番に行っていく。

長い長い時間が過ぎ、全ての報告を終えた外務大臣は、一礼した。

「——以上となります」

重要な会議ではあるが、さすがに聞いている方も疲れたのか、何人かは微睡《まどろ》みかけては何とか起きて報告を耳に入れている、という体の者も何人かいた。

議長も、長い息を吐いた。

『こちらは事前に内容を把握していましたが、改めて説明されると本当に多いですな……そして、その発展も著しいように思われます』

「ありがとうございます」

外務大臣が着席した。

『それでは、エムロード王国の報告に関してですが、何か発言のある国はありますか』

「議長、よろしいですかな！」

手を上げたのは、ペンローゼン王国の大使であるティー・サリャンだった。

『ペンローゼン王国。発言を認めましょう』

「ありがとうございます。ペンローゼン王国より参りました大使、ティー・サリャン。発言させていただきましょう！」

議長の許しを得て、サリャンは立ち上がった。

そしてクルリと一回転して、頭を下げた。ポーズは本人的には完璧だった。

『踊る必要はありませんぞ、サリャン殿』

「ふふふ、発言前の準備運動と思っていただきたい。我が国と致しましては、天空城事件について質問があります」

「エムロード王国側には、応じる準備があります。どうぞ」

エムロード王国の外務大臣が、立ち上がった。

貫禄は、こちらの方が圧倒的に上だ。

しかし、サリャンは動じる事なく、言葉を続けた。

「天空城、確か報告では古代オルドグラム王朝の箱船とされていた巨大な建造物ですが、これは何故、海に沈んだのでしょうか」

「それに関しては資料にある通り、緊急避難の意味合いが強かったのです。天空城が下降を始め、エムロード王国の領土にこれを適切に着陸させられる場所は限られていました。そこで、我が国の海域を治めている海底女帝ティティリエ様、およびスターク殿と連携を取り、海の中へと沈めました。ちなみに海に浮かぶ機能があったかどうかに関しては、エムロード王国側は関知しない内容です」

外務大臣はスラスラと答えた。

「なるほど。こちらとしては、もう少しこの内容について踏み込みたいと考えております。そこで、証人として当事者を召喚させていただきたい！　証人の名は、レイダー・ハイン・モーリエ！　天空城事件の折、失踪したとされるエムロード王国の王子です！」

「……‼」

サリャンがパチンと指を鳴らすと、後ろの大扉が開き、簡素な服に身を包んだレイダーが現れた。身なりは整っているが、左右には警備と監視を兼ねて槍を持ったペンローゼン王国の衛兵が並んでいる。

また、後ろ手に手錠で拘束されていた。

薄《うっす》らと笑みを浮かべてはいるが、その感情はまるで読めない。

エムロード王国の席とペンローゼン王国の席は、大階段を挟んでいる。

対立するようなその真ん中に、拘束されたレイダーが立つ事となった。

サリャンは、外務大臣に向けてビシッと指を突きつけた。

「ペンローゼン王国は、海に沈んだ天空城に幽閉されていたレイダー殿下を密かに救出しました。エムロード王国は彼を不当に拘束し、その事実を隠蔽していました。この事実について、エムロード側の考えを伺いたい！」

「それは……」

「いや、失礼勇み足でしたな！　証人を呼んだからには、証言をしてもらわなければなりませんまい！　レイダー・ハイン・モーリエ殿下、お願いできますかな！」

しかし、ここで別の手が挙がった。

「その前に、エムロード王国側から代わりに発言をいいか。エムロード王国第五王位継承権を持つ王子、デイブ・ロウ・モーリエだ。そこにいるレイダーの兄でもある。あと隣にいるのはノイン。俺様の世話係だが、一応この話の関係者でもあるので立ち会わせてもらった」

言ってデイブは席から立ち上がった。その横に、ノインも続く。

「むむ!?」

サリャンは文字通り身構えた。

その様子に呆れながら、デイブは議長を見た。

「いちいち、芝居がかったリアクションをしなくてもいいぞ。議長、確認だが、ここでの発言は外部に漏れることがあるのか」

『それは、内容によりますな。サフォイア連合王国全体の不利益になる場合、伏せることもあります。……つまり、そういう内容ということですかな?』

「ああ。レイダーを幽閉していた理由について説明する。そいつは天空城を手中に収めようとした。己の国を興すためにな。我が国どころか、サフォイア連合王国、いや大陸全体にとっての脅威となる可能性があり、拘束した後に幽閉したというのが、真相だ。そもそも、天空城が降下を始めたのは、レイダーが城の中枢に侵入した結果、天空城の自衛装置が発動したからだ」

デイブは、天空城であったことを、そのまま説明した。

当然、議場は騒然となった。

内容も衝撃的だが、自国の失敗といってもいい内容を堂々と語ってのけた事にも驚いたのだ。

『何と……それは事実ですか?』

「王国会議で、虚偽の発言はしねえ。レイダー、久しぶりだな。俺様が間違ったことを言っているか?」

デイブがふんぞり返りながら声を掛けると、レイダーは爽やかに笑った。

「あはははは、久しぶりだね、デイブ兄さん。相変わらずノインも一緒か。その子の正体も、バラしちゃっていいのかな?」

レイダーの視線がノインに向けられるが、デイブは動じなかった。

「好きにすりゃあいい。だが、その前にこちらからも一人、証人を呼んである。——いいぞ」

ノインの隣に、さらにもう一人立ち上がった。

ケニーである。

「お久しぶりになります、殿下」

「さて、誰だったかな？　男の顔は、今一つ憶えていないんだ。ああ、嘘嘘。天空城で一緒だった生活魔術師の一人だろ。魔道具を作ってた奴だ」

「名前は言えるか？」

「確か、ケリー・ザ・ロックだったたっけ？」

レイダーの答えに、デイブは目を細めた。

「……一応確認するが、本気で言っているのか？　冗談か？」

「本気だとも。デイブ兄さん、男の名前の一つや二つで、ガタガタと騒いでどうするんだい？」

レイダーを無視して、デイブは議場を見渡した。

語りかける相手は、この場にいる全員だ。

「……まあ、こんな具合だ。コイツの名前はケニー・ド・ラック。天空城で一緒にいた冒険者の名前一つ、ロクに答えることもできない奴の発言に、信憑性があると思うか？」

デイブの問いに、議場は再び騒然となった。

中には「確かに……」や「記憶に問題が？」といった声が聞こえた。

それに焦ったのは、ペンローゼン王国の大使サリヤンだ。

ケニーに、指を突きつける。

『お、お待ちください！　その者が天空城にいたというのは、確かですか？』

「確かだが、今話しているのは、レイダーの発言の信憑性だ。ケニーの素性は後回しにさせてもらおう」

「証人がソーコやリオンじゃなくて、残念でしたね殿下」

ケニーが肩を竦めると、レイダーは顔を険しくした。

「……おい、平民が笑っていい相手じゃないぞ、僕は。僕を誰だと思っているんだ」

「天空城を乗っ取ろうと考えて、失敗した人ですね」

ケニーの言葉は事実だが、明らかに挑発だ。

そして、それにレイダーは乗った。

「いい度胸だ。さては、僕が何もできないと思って侮《あなど》っているな」

直後、後ろ手に拘束されていたはずのレイダーの両腕が、自由になった。手錠はされたままだが、繋がれていた鎖が断たれたのだ。

「レイダー殿下⁉」

「こんな手錠程度、僕はいつでも切断できるんだよ！」

レイダーの爪は、光を反射するほど輝き磨かれていた。エムロード王国でも随一と言われるほどの剣の達人であるレイダーは、その爪を研ぐことによって刃としたのだ。

「衛兵‼」

レイダーが拘束を解いたことに動揺した大使の一人が、声を張り上げた。

だが、デイブはそれが悪手であることを知っている。

「おいよせ！」

デイブが叫ぶが、わずかに遅かった。何より槍を構えた衛兵達は職務に忠実であり、その動きは見事であった。ただ、相手が悪かった。

「これはありがたい。そちらから武器を用意してくれるとはね」

レイダーが両手を振るう。

「ぐっ！」「うあぁっ！」

衛兵達の槍の柄がレイダーの『手刀』で断たれ、次々と倒されていく。

そして、衛兵が腰に佩《は》いていた剣がレイダーに奪われてしまう。

レイダーが剣を振るうと、近くにあったテーブルが真っ二つに切断された。

「さて、僕に舐めた口を利いた君は不敬罪で死刑だよ」

レイダーは、ケニーに笑みを向けた。

踏み込んだかと思うと、一瞬にしてケニー達の間合いに入り、ケニーの胴を両断する。いや、しようとした。

「っ⁉」

パリン、と硬質の音と共に、ケニーとデイブとノインの姿が粉々に散った。

「残念だったな。鏡魔術による幻影だ」

そういうデイブもケニーと一緒に、レイダーから少し離れた場所に立っていた。そのデイブを庇《かば》うように、レイダーとの間にノインが割って入る。

「女の子に手を出すのは、趣味じゃないんだけど、この場合ちょっと痛い目に遭ってもらうしかないかな」

レイダーが再び踏み込もうとした時だった。

「大人しくしてもらうわよ‼」

レイダーの身体が突然、首、童、腰、両腕、両手首、両足とバラバラになって床に散らばった。

会議場にいた参加者達から悲鳴が上がる。

しかし、目敏《めざと》い者は、これだけバラバラにされたレイダーから血が一滴も流れていないことに、気付いていた。

「衛兵、今だ！　武器を取り上げろ！」

大使の一人が叫び、衛兵が床に転がった剣を取り上げた。

ただ、バラバラになったレイダーの扱いには、困っているようだった。

「問題ないわよ。時空魔術で分断させただけで、肉体は繋がったままだから。――原理的にはこれと一緒」

言って、ソーコは亜空間を二つ出現させ、片方に手を突っ込んだ。

もう一つの亜空間の出口に、ソーコの細い腕が出現する。

ソーコはパフォーマンスを終わらせると、亜空間から大きめの箱を出現させた。

「リオン、『影人《シャドウ》』出して。回収お願い」

「あ、うん。出て――『影人《シャドウ》』」

「お、おい……！」

議場の端で気配を消していたリオンは『影人《シャドウ》』を出現させると、バラバラになりながらも抗議しようとするレイダーを箱に詰めていく。

「とりあえず、議場の外に出しておきます」

『影人《シャドウ》』が箱を抱え上げ、そのまま議場の外へと運び出していった。

「……ひとまず証言に関しては、一旦《いったん》中止ですな」

大使の一人が言うが、ソーコは口をへの字にする。

「一旦も何も、これに証言続けさせるつもり？　次は守らないわよ？」

そこで、デイブが手を挙げた。

「こういう危険性もあるし、俺様としては鏡魔術による遠隔での会議を提案したい」

よく響く声は、壇上の議長にもしっかり届いていた。

『遠隔での会議とは？』

「そのままの技術だ。水晶通信でのやりとりもありだが、最近発見された巨大水晶はまだ、調査段階で各地に配るのにはまだ時間が掛かる。距離的には鏡魔術での代用は可能だ。遠隔会議のメリットは、人件費の削減が大きい。今回のような襲撃も防げる。まあ、兵士達の仕事は減ってしまうがな」

そこで、大扉が開いた。

入ってきたのは、このエムロード王国の国王、マズル・ハイン・モーリエだ。

「人件費の他、移動がない分交通費も削ることができるし、準備に関しても手間が減るだろう。まあ、実際に顔を合わせるのとは若干、感覚が変わるだろうが利点の方が大きいと思われる。各国の連携も密に取れるだろうしな」

しかし、その話を遮ったのは、ペンローゼン王国の大使、サリャンだった。

「ま、待ってくだされ。天空城の話はまだ終わっておりませんぞ」

「その通り。しかしそなたはまだ、レイダーを証人として使うつもりか？ 今のを見たであろう。もしもレイダーを再び召喚し、その時に被害が出た場合はそなたが責任を取ってくれるのであろうな？」

「そ、それは……」

サリャンが怯《ひる》む。

「もちろん、こちらも話を逸らすつもりはないが、少なくともペンローゼンが用意するつもりであった証人が使い物にならなかった事実は、覆すことはできぬであろう」

「確かに、それは認めざるを得ませんな」

どこかからそんな声がし、サリャンは声の出処《でどころ》を探ろうとするが、人が多すぎて分からない。

「という訳で、この件は後日改めてさせてもらうとしよう」

その間に、マズル王は話をまとめてしまったのだった。

◇◇◇

王立会議場、中会議場。

ここでは、二日目に『リモート会議』のプレゼンテーションが行われることになっており、文官達が忙しげに出入りを繰り返していた。

巨大な鏡が設置され、その調整を終えたアナ・トルー・カウスは部屋の隅に用意されたソファに、腰掛けていた。

文官達の前なので背筋を伸ばして、疲れをおくびにも出さないが、本当は疲労困憊《こんぱい》である。

「……誰か、お茶の用意をしてくださる？　疲れましたわ」

微笑みを絶やさないまま、そっとアナ・トルー・カウスはため息をついた。

そんな彼女の前に、三体の『影人《シャドウ》』達がローテーブルを設置し、ケニーが茶器を載せたお盆をテーブルに置いた。

「お疲れ様です。普段飲んでるモノでよければ、どうぞ。あとこちら、お茶菓子になります」

アナ・トルー・カウスはティーカップを手に取ると、匂いを嗅いだ。悪くない。

「本当に……あら、美味《おい》しいわ。こんなの普段飲んでいるの？」

アナ・トルー・カウスが主催する茶会に出しても、問題ないクオリティーだ。

「ええ、まあノースフィア魔術学院の『第四食堂』のレギュラーメニューですね」

「学生食堂で、このクオリティーのお茶を出しているんですの!?」

ケニーの答えに、アナ・トルー・カウスはギョッとした。

「茶葉に関しては、森妖精《エルフ》の郷から頂いたモノを薬草園で栽培したモノです。あんまりお金が掛かっていないんですけど、茶葉自体は上質だという自負はあります。水の方でまだ、クオリティーを上げる余地があるかなと思っています。あと、技術も」

「……その茶葉、頂けないかしら」

「お土産でよければ。カウス師匠には、頑張っていただきましたし」

「下準備は済ませましたけど、姿見《すがたみ》の設置はお任せしますわよ」

「力仕事は、得意な人間がいっぱいいますから大丈夫です」

リオンは『力人《アーム》』の使い魔がいるし、ソーコ自身は腕力がなくても時空魔術での運搬は大の大人数十人分に匹敵する。

「鏡魔術自体は初めて触れるが、こういう分野に関してなら得意な方だ」

リオンの姉弟子であるステラも、協力を申し出ていた。

「それにしても、鏡魔術を遠隔会議に利用するという発想は、ありませんでしたわ。先に思いついていたら、カコクセン王国の独占事業にできていましたのに。その一方で、鏡魔術が普及するのは複雑な気分でもありますわね。魔術は秘するモノでありますから」

「そういう意味では、生活魔術は異質なんですよねぇ」

リオンの言葉に、アナ・トルー・カウスは頷く。

「それは、確かにそうですわね。……細かい調整は、カーさんと相談するのが一番早いと思うのですが、どうかしら」

「大丈夫だと思います」

そんなリオンとアナ・トルー・カウスのやり取りに、ステラが驚いた。

「む、カウス師匠はカー先生とも知り合いなのか？」

「知り合いというか、十二人委員会の後釜ですの」

「何⁉」

ステラは飛び上がった。

「あ、あれ、言ってなかったっけ？」

「聞いていないぞ⁉」

リオンとアナ・トルー・カウスは、ステラから質問攻めされることとなった。

◇◇◇

夜のホテルの一室。

ペンローゼン王国の大使であるティー・サリャンは、デスクライトに照らされた用紙に筆を走らせていた。

書き殴るような荒っぽさながらさすがは大使、文字に乱れはない。

「ぐぬぬぬぬ、なんということ！　実に！　実に腹立たしい！　だがしかし、報告はせねばなるまい！」

唸りながらも母国に向けて、王国会議の報告書を作製していた。

「我が国が優位に立つ計画は失敗……！　そしてその結果……」

ギリッと、サリャンは歯ぎしりした。

「通信技術と事務系魔道具の共有化……各国の連携が密になり……誰も損をせず……」

ぬぬぬぬぬ、とサリャンは手を休めないまま、唸る。

結局のところ、『天空城事件』に関して各国は、エムロードの言い分を全面的に支持することとなった。

レイダー個人の行ったこととはいえ、大陸の他の国に真相が明るみになれば、サフォイア連合王国全体の問題となってしまうからである。

連合王国に属する国は運命共同体、つまりは共犯である。

そう言われてしまえば、反論は難しい。

だが、エムロード王国の株が下がったかといえば、そうでもない。

エムロード王国は今後こうしたことがないように、鏡魔術を利用した『リモート会議』の他、人工知能型ゴーレムである『エリーシ』と天空城で得た技術の一つである『タブレット』の提供を宣言した。

王国会議で導入されているこれらを、実際に使用していた各国の文官達が、完全にエムロード王国に傾いた瞬間であった。

デイブという王族か、それともその側近の誰かが準備させていたのだろう、書類も既に用意されていた。魔術による契約までさせる、念の入りようである。

書類には様々な条件が盛り込まれていたが、各国が特に損をするようなモノではない。特殊な内容としては、今後「天空城事件」の調査書にあった冒険者達《ブラウニーズ》について、調査や干渉しないこと、という内容が盛り込まれていた。

彼らを通して、天空城の一件を掘り下げないように、という措置なのだろうというのが、各国の見解であった。

という訳で、王国会議においてはささやかなトラブルが発生したこと以外は、特に問題はなかった。

問題があるとすれば、そのささやかなトラブルに、ペンローゼンが関わっているという点である。

「つまり我が国への各国の心証が、損なわれてしまい……なんということ、我が国だけが悪くなっているではないかーーーーっ‼」

夜のホテルにサリヤンの絶叫が響き、数分後、ホテルマンが抗議のノックを彼の部屋にしにやって来るのであった。

第四話　生活魔術師達、間諜《スパイ》に立ち向かう

夜。

王都にある高級ホテルの一室に、ノックの音が響いた。二度、一度、三度。

その音を耳にし、ガウンを羽織った部屋の主《あるじ》はドアに向かって声を掛けた。

「入ってくれ」

「ルームサービスです」

ワゴンを押しているのは、なるほどホテルの制服を着た従業員だ。顔立ちは平凡で、取り立てて目立つような特徴はない。

ただし、彼にはもう一つの素性があった。

サフォイア連合王国には所属しない、とある国の間諜《スパイ》である。

「ご苦労——首尾はどうだ」

そして、ガウンを羽織った部屋の主も同じ国の貴族である。

間諜《スパイ》はテーブルに料理とワインを置くと、どこから取り出したのか紙の束を貴族に差し出した。

「表彰される人間の調査は完了しました。ただ、それ以外の人材となると、なかなか」

「報酬に見合っただけの働きを期待している」

貴族は受け取った書類をめくりながら、言う。

貴族の仕事は王国会議への出席ともう一つの目的があった。

優れた人材の引き抜き《スカウト》や、或いはそうした人物による活躍により母国に不利益が生じる場合への妨害工作である。

間諜《スパイ》は、そのための手駒であった。

「それはもちろんでございます」

一通り書類に目を通した貴族は、これを間諜《スパイ》に返した。

「ふむ、良い出来だ。欲を言えば、工作の難易度も欲しいところだな。予算の都合がある」

内容は完全に記憶し、この紙の束は間諜《スパイ》によって処分される予定である。

「承知いたしました。次の調査書には、そちらも添えさせて頂きます」

「うむ。行っていいぞ」

「失礼します」

間諜《スパイ》は一礼し、ワゴンを押しながら部屋を出て行った。

◇◇◇

王国会議二日目。

まだ朝は早いが、王立会議場のホールや廊下では文官達が忙しなく動き回っている。

その一室に、リオン達ブラウニーズは集まっていた。

「さあ、今日も元気いっぱい働こうか」

とても爽やかな笑顔のケニーに、リオンは少し戸惑っていた。

「ケニー君のノリが、いつもと違う……」

「そりゃ、いいモノ食べたからね」

ソーコが、小さくため息を漏らす。

そうだった、とリオンは思い出した。

昨日の夜には晩餐会があったのだ。もちろん、それにリオン達が参加していた訳ではない。だがデイブが報酬の一部として料理を余分に作らせ、リオン達は調理場の裏手でそれを味わうことが出来たのだ。

「美味しかったよねえ……さすが宮廷料理長の作ったディナー」

コース料理は絶品で、リオンも思い出すだけでその時の感動が甦りそうになる。

「ぴぁー」

フラムも、リオンの頭上でクルクルと回って同意を示した。

「あはは、だよねえ」

もちろん、フラムの分も料理は用意されていた。フォークやナイフは使えないので皿は違っていたが、フラムもメンバーに組み込んでいる辺り、デイブに抜かりはなかった。

「……まあ、ケニーのモチベーションをこれだけ高められるってことは、デイブ殿下もケニーのこと、すごく理解してるってことね。リオン、今日の仕事確認しておきましょうか」

リオンはテーブルに置いていたファイルを手に取った。

「えーと、昼からレセプションパーティーがあって……各国の交流目的のパーティーだね。昨日の晩餐会よりも砕けた感じのイベントかな」

「パーティーっていうと、ダンスとかあるのかしら」

ソーコの疑問に、ケニーが首を横に振った。

「いや、夜会や舞踏会とは違うから、ないはずだ。代わりに舞台上で、いくつかの表彰や発表が行われる。マッケン王太子殿下とリコ姫様の婚約の発表も、このタイミングだな。まあ正式な披露宴やらは、教会とのスケジュール調整も必要だろうから、また後日になるみたいだが」

「で、わたし達の仕事は、警備……他国の間諜《スパイ》とかが潜り込んでいたりしないかのチェックって、これ、生活魔術科の仕事じゃ、ないよね？」

どういうことだろ？　とリオンは首を傾げたが、何やらケニーとソーコの様子は違っていた。

「あー……」

ケニーは納得と同情の視線をリオンに見せ、ソーコはポンとリオンの腰を叩いた。ちなみに肩じゃないのは、単純に背丈の問題である。

「頑張ってね、エース」

「わたし、またエースなの!?　森妖精《エルフ》の郷でも似たような事があった気がするんだけど！」

なお、この時は霊獣達の子守である。

こちらはまだ、ギリギリ生活魔術の範疇《はんちゅう》だったと思うが、間諜《スパイ》捜しはどう考えても違うと思うリオンである。

しかし、そんなリオンの思いを裏切るように、ソーコはパタパタと手を振っていた。

「いや、その手の不審者発見とか、どう考えてもリオンの得意分野でしょ」

「だよな、フラム」

「ぴ！」

フラムまで同意する。この部屋に、リオンの味方はいなかった。

「えええええ……わたし、そんなのやったことないんだけど」

「安心しろ。俺達もだ。……一応確認するけどソーコ、ないよな？」

「ないわよ。フラムは分かんないけど」

「ぴぁー」

ソーコが視線をやると、フラムはよく分からないという風に空に浮かぶ身体を斜めに傾けた。

「ないらしい。まあ生活魔術科としてはらしくないけど、冒険者としてならアリな依頼かなと思うぞ？」

「うーん、言われてみれば、そんな気もするわね。それにしたところで、エースがリオンなのには変わりないけど。あ、そんな気負うこととかないと思うわよ。見つけられなかったからって、それを責められることもないと思うし」

「……まあ、普通に間諜《スパイ》の方が上だったってだけの話だし、向こうが正体知られなかったことを、わざわざこちらに教えてくれるってこともないだろうしな」

言われてみればその通りだと、リオンも思った。

間諜《スパイ》が上手《うわて》で、この王立会議場で必要な情報を手に入れたとして、その事実をリオン達が知る術はないのである。

「とりあえず、もし発見しても大きな騒ぎは起こさず、速やかに排除……ま、これに関してはそれぞれやりようがあるでしょ。リオンだったら自ら動くなり『影人《シャドウ》』なり使って、警備をしている騎士を呼べばいいだろうし」

表だって騒ぐのはよくないことは、リオンにも分かる。自分で直接何かするよりも、荒事に強い騎士を頼るのはいい手だと思う。

「ちなみに暗殺者が潜んでいる可能性も、一応あるらしいな」

そんな物騒なことをケニーが言い出した。

「うわあ、気付きたくないけど、気付かなきゃ駄目な奴だ……」

優先度でいえば、こちらの方が高いだろう。何しろ人命が掛かっている。

「ま、そっちは国の方でそれ専門の人達が会場に潜んでいるらしいから、そっちに任せればいいみたいだぞ。何か血の匂いに敏感なんだとか……あれ、でもそれだとリオンも気付きそうだな」

その、専門の人達に丸投げしたいところだが、リオンが気付いてしまった場合はしょうがない。

「……その時は、すぐ警備の人呼ぶよ。っていうか、そんなに危険なのかな、このイベント？」

「いやあ、念には念をって感じだろ。警戒しておくに越したことはないっていうか、本当に何か起こったら大変だからな。レセプションパーティー自体に、特に調べられて困るようなことなんて、ないはずだ」

「そうなの？　その割に、私達が間諜《スパイ》を警戒したりと、ずいぶんと物々しいイメージがあるんだけど」

ソーコの意見に、リオンも同感だ。

「国同士の交流っていっても、秘密にしたいような内容なら個室を使うだろ。表彰や発表はしばらくしたら各国で公表されるんだから、せいぜい少し早めに情報を得られるってのがメリットだが……やっぱり、そこまで重要じゃなさそうだな」

「なら、間諜《スパイ》なんていないんじゃない？」

ソーコが言い、いないならいてくれない方がいいなあとリオンは思った。

しかし、それに対してケニーは否定的だ。

「そうだとありがたいんだが、何が重要かなんて結局人それぞれだからな。俺達がどうでもいいと思っていることが、別の人間にとってはとても大切なこと、なんてことはよくあるだろ。例えば……どことどこの国の人間が接触したとか。それに、サフォイア連合王国の各国が揃うなんてことは稀だからな。どこで重要な話が出てくるかなんて、分かったもんじゃない」

「詰まるところ……いるかどうか分からない間諜《スパイ》の存在に、気を付けるしかないってことね」

面倒くさいわね、とソーコは小さく呟いた。

「請け負った仕事だからな。一応注意すべき国は、デイブ殿下から聞いてる。大陸北方にあるパル帝国と、南方にあるシトラン共和国。特に、通信水晶関係の話に気をつけろってさ」

「通信水晶って、地底遺跡のアレ？」

「……それって、一番詳しいのはわたし達じゃないのかなぁ」

数週間前、リオン達は遺跡の奥で、巨大な通信水晶を発見した。この水晶は、巨大な本体を母体とし、砕いたり粉にした水晶を加工することにより、相互の通信が可能となる。技術的なことはリオンには分からないが、貴重なモノであることは理解できる。

そしてリオン達が発見した通信水晶は、大陸最大と言われていた、シトラン共和国のそれをも凌駕すると言われている。

エムロード王国は大騒ぎだし、もちろんサフォイア連合王国としても大きな話題となった。

「発見したのは俺達だが、権利関係は冒険者ギルドと国に丸投げしといたからな。まあ、俺達も気を付けるのは当然として、その手の話題が出そうな時は注意した方がいいってことだろ。……でまあ、特に警戒した方がいいのはシトラン共和国で、あそこには凄腕の情報部があるらしい」

「それはどうなのかしら」

ケニーの話に疑問を呈したのはソーコだ。

「え、何が？」

リオンには、何が疑問なのか分からなかった。

「間諜《スパイ》が有名になっちゃ駄目じゃない？」

「それは確かに。逆に言えば警戒されてなお優秀ってのは、それだけすごいって考え方もあるんじゃないか？」

なるほど、それはそれで凄腕になるなぁと、リオンはケニーの理屈に感心した。

「何にしても、この会議にサフォイア連合王国に加盟している国以外は、入っちゃ駄目なんでしょ。そこに勝手に入ってくるのは、普通にアウトね」

「分かりやすい意見だ。あとデイブ殿下曰く、どんな事情があれ盗み聞きされるのは不愉快だってさ」

「それには、まったく同感だわ」

◇◇◇

控え室。

更衣室で着替えを終えた三人は、お互いの姿に声を上げていた。

「おおー」

リオンは緑色のドレス、ケニーはタキシード、ソーコは白い着物であった。

「場所が場所だからな。生活魔術師のローブを着ていたら、余計な用事を言いつけられるかもしれねえし、それぞれの衣装はこっちで用意させてもらった」

そういうデイブもまた、タキシード姿であった。

一方、頬どころか身体全体を少し膨らませて不満そうなのが、フラムである。

「ぴぅー……」

「さすがに、フラムちゃんは用意できる着替えがなかったみたいだよ、ごめんね」

そう言って、リオンは拗ねるフラムの背中を撫でた。

「着物なんて、よく用意できたわね」

ソーコは、自分の着物を眺めていた。

「いや、その着物はカズマが用意した」

カズマ・イナバ。

ソーコの兄である。

「……ありがたくはあるけど、サイズまでぴったりなところとか、何だか複雑だわ」

デイブの答えに、ソーコは口元をへの字にした。

「でもこれ、汚しちゃったらどうしよう。ちょっと緊張しちゃうなあ」

「洗えばいいだろ。洗濯なんて生活魔術科《俺達》の専門分野じゃないか」

「ケニー、何か妙に着慣れてない？」

「まさかだろ。こんな窮屈な格好、しないで済むならそれに越したことはない。不自然にならないように、振る舞ってるだけだ」

着崩したら叱られそうだな、とケニーはネクタイを緩めようとしたその手を止めていた。

「それができる辺りがすごいんだけど」

リオンは苦笑いを浮かべた。

着慣れない衣装に若干の緊張はあるものの、自身のドレスに動きづらさはない。肌触りがすごくよく、おそらく素材も相当にいいモノを使っているようだ。

「ああ、ちなみにその衣装は仕事が終わった後、そのまま持ち帰ってくれていいぞ。報酬の一部に含まれるし、何か別の機会に使うかもしれねえだろ」

デイブがサラッと太っ腹なことを言い、高そうなドレスだなあ、なんて考えていたリオンは目を剥いた。

もっとも、ソーコやケニーは平然としていたが。

「ありがとうございます……って言いたいところですけど、そういう機会がないことを祈りたいですね。……それと、仕事中に食事は取ってもいいいんですかね」

ケニーの視線は、レセプションホールの方に向けられていた。

何を気にしているのかは、リオンもソーコも知っていた。レセプションパーティーでは、宮廷で働くシェフ達が腕を揮った料理が、立ち食い形式で並べられるのだ。

「そこは、ケニーにとって一番重要なところね」

「目立たない程度なら、問題ねえよ。……とは言っても、結構種類があるから、全部は厳しいんじゃねえか？」

唸るデイブを尻目に、ソーコがケニーの腰の辺りを軽く叩いた。

「……ケニー、幾らかは、時空魔術でこっそり回収してあげるわよ」

「助かる」

そういえば、とリオンはここに一人足りないことを思い出した。

「あのデイブ殿下。そういえばカー先生は、どこに行ったんでしょう」

事前の話では、カーも参加する予定と聞いていたが、そのカーの姿が見当たらない。

「ああ、先生なら本人の希望で、給仕側に回っている。ドレスを用意すると言っても、緊張して何もできないだろうから辞退すると言われてな」

ある意味、自分のことをよく分かっているカーであった。

「……まあ、カチンコチンになるところまでは、イメージできるわね」

「確かに」

ソーコとケニーが頷き合う。

リオンもまったく同感であった。


レセプションホールを、礼服を着た紳士やドレス姿の婦人がグラスを手に行き来する。

リオンは壁際で目立たないように振る舞いつつ、胸元に手をやった髭の男性に視線を止めた。耳元のイヤリングに指をやる。アクセサリーに偽装したケニーの魔道具、遠話器である。

「ケニー君、視線の先の髭の人チェックしてくれるかな」

『お、魔力反応あり。懐の魔道具で録音してるな。素性も探っておこう。――殿下。事前の情報と幾つかズレがあります』

皿の食事を食べていたケニーはその手を止め、眼鏡のツルに指をやる。

これまたケニーの魔道具、鑑定眼鏡だ。魔力探知の他、事前に入力した情報を照会することも可能である。さらにツルには震動で音声が伝わる、遠話器の機能も搭載されていた。

一見するととても便利だが、入力の手間が掛かるのが難点、というのがケニーの話であった。今回の王国会議に向けて、ケニーは参加者のプロフィールをほぼ一人で入力する羽目になった。仕事の内容上、生活魔術科の生徒も含めて、部外者に手伝ってもらう訳にはいかなかったのである。

その甲斐もあり、性能は満足いくモノになったらしいが。

一方デイブは、通常のイヤホン型遠話器である。

『――ああ、聞こえている。入場証は問題なく本人だったが、確かに顔が以前見た時と違う。背丈も若干低い。ソーコ、排除してくれ』

『了解』

ソーコもリオンと同じく、イヤリング型の遠話器を付けている。

髭の紳士も気配が薄い。間諜の類ならば、目立ちたくないのだろう。

ソーコがすれ違ってすぐに、グラスを傾けていた髭の紳士は顔色を変え、お腹を押さえてそそくさとホールから出て行った。

ソーコは幾つか『排除』の手段を用意していると言っていたが、アレはおそらく一瞬だけ時空魔術で時間を停止させ、髭の紳士のグラスに一服盛ったモノと思われる。錬金術科のスズル・ノートダルに頼んで作ってもらった、少しだけ体調を悪くする薬である。

『看破《かんぱ》はリオン。巡回は俺。ソーコが排除、と……比較的順調、かな』

そんな呟きが、リオンの耳に聞こえてきたが、今彼女はそれどころではなかった。

「あわわわわ。ケニー君ちょっと待って。今、頼まれ事してる。通訳入っちゃった」

作戦中に、リオンは品のいい老婦人達に囲まれていた。

『落ち着け。ボルカノさんの『言語の加護』があるんだから、通訳は問題ないはずだろ』

「それが、お婆さんの集団で……！　でも、訛《なま》りが強くて、他の人じゃ分からないみたいなんだよ！」

老婦人の集団が、リオンに観光に向いた場所を尋ねてきたのが切っ掛けだ。

それ自体は問題ないのだが、次第にリオンの素性――これは魔術学院の生徒であることを話した。本当のことだから問題ない――や、孫の嫁にどうか、生活魔術とはどういう魔術か、他の人達とはなかなか話が通じなくて……という苦労話など、次々と話し始めて、さすがにリオンも対応が難しくなっていた。

実際、『言語の加護』のおかげで何とかなってはいるものの、逆に言えば他の人達は頼りづらい状況にあった。

『……耳は二つしかないからなあ。さすがに頑張ってくれとしか言いようがないな。というか、動物以外にも人気だよな、リオン。ソーコ、リオンの援護はできるか？』

『悪いけど、こっちもちょっとした問題が発生しているわ。よその子に絡まれてる……まあ、自分が目立つ自覚はあるから、しょうがないわね』

ソーコは面倒くさそうな呟きを漏らしていた。

リオンが見ると、なるほど、十代前半ぐらいの令嬢がソーコに対して居丈高《いたけだか》に振る舞っていた。

ソーコは、深く息を吐き、うんざりした。

こんなことをしている場合じゃないのだが、目の前の令嬢に事情を説明する訳にもいかない。

「ちょっと聞いてるの⁉　質問に答えなさい！　貴方、どこの誰！　私は伯爵家の娘なのよ！」

「……じゃあ、えらいのは親であって、貴方がえらい訳じゃないでしょ。私は大陸極東にあるジェントって国の出身よ。それで？　私の生まれを聞いて、どうするのよ」

ソーコには、自分が目立っている自覚はあった。

この仮面に白髪、珍しい着物という衣装である。目立つなという方が無理があったが、かといって今回の仕事で裏方にも回りづらい。それなら自分が注目される分、ケニーやリオンが目立たなくなるだろうという思惑であった。

どうせ、行動中は時空魔術で時間を止めるのだから、他の人達は認識できないんだし、と軽く考えていたらこれである。

「生意気ね！」

「その言葉、そっくりそのまま返すわ。それで、そもそも何の用？」

伯爵令嬢はビシッとソーコに指を突きつけた。

「その仮面よ！　私に譲りなさい！」

あらまあ、貴族としての教育がなっていなくてよ、とソーコは嫌味の一つも言ってやりたかったが、余計状況が長引きそうなので自重した。

代わりに言ったのは別のことだ。

「お断りするわ。これは、大切な人の形見なの……あ、いや、死んでなかったから形見とは言わないわね。とにかく、貴女が何者だろうと、譲る気はないわ」

少し前までは、イトコであるキキョウ・イナバは故人と思われていたが、どっこい元気に存命中であることが判明した。

なので形見ではない。だからといって、名前も知らない伯爵令嬢に譲ってやる謂《いわ》れもないのである。

とりあえずソーコは、妥協案を提案することにした。

「……王都の商店街に、ジェントの土産物屋があるわ。これと同じじゃないけど、似たような仮面なら売っているから、そっちで手に入れてくれるかしら」

む、と伯爵令嬢は口をへの字にした。

しかしさっきまでの激昂は鎮まっているし、どうやらソーコの妥協案は功を制しそうだ。

「本当に売ってるんでしょうね?」

「伯爵家の娘って言ったわね。召使いにでも調べさせればいいでしょ。最近、この国はジェントとの取引を強化しているの。まあ、色々売っているから、見に行ったらどう?」

「分かったわ。嘘だったら許さないから」

言って、伯爵令嬢は不機嫌そうな顔のまま、踵《きびす》を返した。

「別に、貴女に許してもらう必要はないんだけどね……ふぅ、何とか厄介事は回避できたみたいね」

『……ギリギリっぽかったけどな』

聞いていたらしいケニーの苦笑いが、ソーコの耳に届いた。

ソーコの方のトラブルは解決できたとして、ケニーは小さく息を吐いた。

気が付くと、手に持っていた料理の皿が空になっていたので、こちらも補充しようと、豪華な料理の並んだテーブルへと移動する。

各国要人の発表や会談がメインとはいえ、料理に手を付けないのも失礼というもの。

炭水化物系は腹が膨れやすいので、まだ軽いモノを重点的に選んでいこう。

などとケニーが考えていると、強い口調の怒声が耳に届いた。

「おい、何をグズグズしている！　さっさと料理を持ってこんか！」

我《わ》が儘《まま》な人が多いなあ、ご飯がまずくなる。

心の中で嘆きながら、ケニーはトングを手に取った。

「す、すみません！」

何だか、聞き覚えのある女性の声だった。

「お？」

見ると、小太りの男に頭を下げていたのは給仕服に身を包んだ、カーであった。

「まったくノロマな給仕ザマス。ウチの王子が飢え死にしたらどうするザマスか」

「おーなーかーすーいーたー」

ザマスなんて語尾付ける人、初めて見たぞ。

三角眼鏡で神経質そうなその女性のスカートを、鼻水を垂らした子どもが引っ張っていた。

ケニーは鑑定眼鏡で、騒いでいる一家の素性を照会した。

「何だありゃ……えーと、錬金術師の助手……ジョシュア一家か。錬金術師本人でもないのに、またずいぶんと偉そうだな。どうしたもんか……」

完全に偏見ではあるが権威には弱そうな家族だったので、ここはデイブ殿下に出張《でば》ってもらおうか……などと考えていると、カーと一家の間に割り込む存在があった。

「カー先生、お久しぶりです！」

白髪交じりの銀髪を丁寧に後ろに撫で付けた、銀縁眼鏡を掛けた初老の紳士だ。

カーは紳士を認めると、パァッと表情を明るくした。

「あ、はい、イースト君じゃないですか。元気にしていましたか……って、少し、寝不足みたいですね。ちゃんと睡眠は取ってくださいね」

イーストと呼ばれた紳士は、カーの忠告に苦笑いを浮かべた。

ケニーはその間に、鑑識眼鏡で紳士のことも照会した。

キーン・イースト。錬金術師だ。そして、今騒いでいた小太り男ジョシュアの上司でもある。

「さすが、先生ですね。すぐに見抜かれてしまいました。それはともかく、先生はどうして、こんな所で給仕の仕事をされているんですか？　あ、いや、こんな所という言い方になってしまいましたが、先生は先生なので学校とかあるのでは……？」

「少し、頼まれまして。あ！　今、仕事中なんですよ。このお料理をあちらに届けないと……」

カーは自身の今の仕事を思い出したが、同時にその妨害をする存在も思い出した。

イーストは、そのカーストの困惑を察したらしく、ジョシュアに視線をやってから頭を下げた。

「それは、仕事中に失礼しました……って、ジョシュア君？　さっきから騒いでいたのは、君ですか？」

銀縁眼鏡の位置を直しながら問うイースト氏に、ジョシュアは途端に狼狽《うろた》えた。

「え、あ、その……イースト博士。この女と知り合いですか？」

「この女とは失礼な。私の恩師ですよ。この人に『測定』と『構造把握』を教わっていなければ、私が表彰されることもなかったんですよ？　君が顎で使っていい人ではないのです」

「あ、でも私、一応今は、給仕係なんで」

カーの控えめな主張に、イースト氏は首を振った。

「カー先生、仕事に貴賤はありませんよ。料理やお酒を運ぶ仕事だからって、下に見られていいなんて道理はありません。……ジョシュア君、君も国を代表してきている人間の一人なんです。あまり恥ずかしい真似はしないでください。あまり目に余る行動を取るようでしたら、控え室で待機してもらうことになりますよ？」

「し、失礼しました！　おい、行くぞ！」

ジョシュアはカーに一礼すると、家族を率いて早足で遠ざかっていった。

その背を見送りながら、イーストがため息をついた。

「すみません、先生。どうも彼は、悪い意味で貴族主義な部分があるので……」

「いえ、気にしていませんよ。ところでイースト君は一体、何の発表で表彰されるんですか？」

「眠気覚ましの薬です。我が国のあちこちの村で眠り続ける事件が発生し、その対策で作ったのですが、それが評価されたのです。……まあ、一度使うと三日ほど起き続けるという副作用もあって、その改良が今の課題ですが」

「すごいですけど、まずイースト君が睡眠を取るべきですね」

カーはイーストを褒め、それから彼の目の下を指差した。

「ははは、すみません。……ところで、今のノースフィア魔術学院に勤める前はあちこちの土地を訪れていたという先生を見込んでお話があるのですが」

「はい、何でしょうか」

イーストは懐から手帳を取り出し、ページをめくった。

「霊球菌糸や燃焼花というモノに、憶えはありませんか？　古い書物にそうした名前の菌糸や花の記載はあるのですが、現在では確認されていないんです。先生ならもしかしたら……と思いまして」

「うーん、すみません。そうした名前の植物に心当たりはありませんね」

申し訳なさそうに謝るカーに、イーストはそれほど大きな期待はしていなかったのだろうが、それでも少し残念そうにしていた。

「そうですか……」

そんな萎《しお》れるイーストに、ふとカーは何かを閃いたらしく、表情を明るくした。

「ただ、一日待っていただけますか？　ちょっと伝手がありまして、もしかすると手掛かりが見つかるかもしれません。あ、でもあんまり過度な期待はしないでもらえると助かりますけれど……」

「いえ、ありがとうございます！　例の発見された遺跡を観に行こうと思っていて、こちらの国にはまだしばらく滞在予定なんです」

地底遺跡レイクダル。鉱山都市ウェストップの地下で発見された、オルドグラム王朝時代の遺跡である。ここには古い神殿があり、それにまつわるちょっとした出来事に、ケニー達も巻き込まれたのだ。

「……スズルに連絡取っときますね」

ケニーは遠話器で、カーに囁いた。

錬金術科に所属するスズル・ノートダルは、イーストの求める菌糸類や花のことを知っているかもしれないし、同時に地底遺跡レイクダルにある古い遺跡とも関わりがある。

割と人見知りすることもあるので、先に話を通しておいた方がいいだろう。

「よろしくお願いします」

カーも、イーストに気付かれないように、小声で返事を返した。

「そうだ。魔術学院での先生の授業、見学していっていいですか？」

イーストの申し出に、カーは少し戸惑った。

「学院長の許可があれば、問題ないと思いますけど、特別な授業でもなんでもないですよ？」

「だからいいんじゃないですか。……と、そろそろ表彰式が始まりますね」

イーストは、表彰台の方でスタッフが忙しなく動き始めるのを見た。

「じゃあ、裏手に急がないと」

「はい。あ、スピーチの中で特に世話になった先生として、名前を出してもいいですか？」

イーストが言うと、カーは首と前に出した両手をブンブンと振った。

「だだだ、駄目ですよ！　私、そういうの苦手なんです！」

「ははは、冗談ですよ。感謝しているのは本心ですが、先生の性格は分かっていますから。では、行ってきます」

イーストは軽く手を振り、表彰台の方へと去って行った。

「ところで、さっき先生に当たり散らしてた助手の家族の人達は、どうなりました？」

「え、あ、いつの間にかいなくなっていますね」

「ならよかったです」

◇◇◇

貴賓室の前には、スーツ姿の男女が一組立っていた。護衛なのだろう、腰には剣を佩《は》いている。

「し、失礼しまーす」

微睡んでいるフラムを抱えたリオンが小さく頭を下げると、護衛の一人は表情を変えないまま、目礼してきた。もう一人の護衛が、ドアをノックする。

「殿下。リオン・スターフ嬢です。それと、コドモドラゴンの仔が一頭」

「入ってもらえ」

「はい――どうぞ」

護衛がドアを開き、リオンは部屋に入った。

さすが王太子と王女の控え室だけあって広かった。調度品もいいモノが揃えられており、壁には国旗が貼られている。

部屋にはマッケン王太子にリコ姫、そして護衛のステラがいる。

「ぴぁー……」

リオンの腕の中で、フラムは小さく丸まっていた。

「リオン……とフラムか。眠たそうだな。ポチ、茶を頼む」

マッケン王太子は、ティーカップを持ち上げた。

「ワン！」

すると、壁の隅にあった車輪付きのワゴンがひとりでに動き出し、マッケン王太子の傍らで停止する。載っていたティーポットが浮かび上がると、中の香茶がマッケン王太子のティーカップに注がれた。

カティ・カーの生活魔術で作られた、自動で動くワゴン『ポチ』である。

「あはは、フラムちゃんは会場には入れなかったので、退屈していたみたいです」

うむ、とリオンに頷きながら、マッケン王太子は香茶に角砂糖を一つ落とし、スプーンで掻き混ぜる。

「その辺は融通を利かせてやりたかったのだが、デイブから聞いたその子の正体を知れば逆に騒ぎになるからなぁ。それはフラムもその母親も、望むところではないだろう」

「ぴぅ……」

そだね、と眠たげな半目のフラムが小さく鳴く。

「ワォーン」

『ポチ』は役目を終えると、短く鳴いてスルスルとまた元の位置へと戻っていった。

「それにしても、このワゴンは便利だな……何故犬なのかは、分からねえが」

「ですね。ウチの母国にも欲しいです。犬以外のバージョンもあるのか、気になります」

マッケン王太子に、リコ姫が同意する。

「ということだ。カー先生に伝えてもらえるだろうか」

「あ、はい。分かりました」

マッケン王太子に問われ、リオンは頷いた。

そして作業を開始する。

指を一本立て、魔力を放出する。魔力探査《ロケーション》と呼ばれるこれは、周囲の物質に反応し、部屋の構造や家具の位置をリオンに教えてくれる。蝙蝠《こうもり》は音波でこれを行うが、リオンの魔力探査《ロケーション》はその名の通り、特に魔力に反応する。

この部屋ならば、部屋の隅に戻った自動ワゴン『ポチ』に強い反応がある。

扉の前に護衛がいるし、侵入者の気配はないが、天井や壁、床下に間諜がいる可能性もあり、念のためにとリオンは定期的に、この部屋をチェックしていた。

「それで……どうだ？」

「ええと、ちょっと待ってくださいね」

天井、壁、床下異常なし。家具の中にも不審なモノはない。

人の気配は、この部屋にいる四人とフラム、扉の前にいる護衛二人でこれも問題ない。

ただ、違和感のある魔力反応が一つあった。

「……え？」

「何だ？」

声を上げたマッケン王太子ではなく、その隣のリコ王女でもない。

違和感があったのは、ステラの首筋から覗く細い鎖だった。おそらくネックレスだろう。

ただ、リオンが前にここを訪れた時には、着けていなかったと思うのだ。

記憶違いか、ちょっとリオンには自信がなかったので、尋ねてみることにした。

「ステラ姉さん。そのネックレス、いつから着けてました？」

「このネックレスか？　これは……これは、む？」

ステラが何か言おうとしたが、不意にその動きが止まった。その瞳からは、光が消える。

スッと、ステラの手がリオンに向けられた。

「って、ちょ！」

咄嗟《とっさ》にしゃがんだリオンの頭上を、凄まじい雷の一撃が抜けていった。

「っ⁉　二人とも、ステラ姉さんから距離を取ってください！」

「ステラが⁉」

言いながら、マッケン王太子はリコ姫を抱き寄せながら、テーブルを蹴っ飛ばして自分達の盾にした。

一方、ステラは扉のノブに雷で作った糸を巻き付ける。中の異変に気付いたのだろう護衛が外から扉を開けようとしている様子が伝わってくるが、これでは入ることができない。

「いえ、洗脳されてるみたいです——ダークワルデ、お願い！　フラムちゃんは、二人を守って！」

ステラの五本の指から、小さな雷球が出現する。

当たると麻痺しちゃいそうだな、と思いながら、リオンは取り出した魔包丁『ダークワルデ』で雷球を両断していった。

『雷とか味がなくて食った気になれねえな』

タークワルデのぼやきが、手から伝わってきた。

「ぴ！」

リオンのお願いに応えて、フラムがマッケン王太子達の前に立てられた、盾となったテーブルの縁に留まる。

「――『影人《シャドウ》』‼」

リオンは、己の影から使い魔『影人《シャドウ》』を三体出現させる。

その三体が同時に奔《ほとばし》りステラを拘束しようとするが、雷光を纏った手刀が彼らを両断した。

「って駄目か！　光魔術ほどじゃなくても、わたしの影との相性良すぎだよ！　いや、悪いのかな⁉　むぅ……せめて窓があれば、二人だけでも逃がせられたんだけど。かといって今のステラ姉さんを逃がす訳にもいかないし……」

この部屋唯一の出入り口である扉は、ステラによって封じられている。

そういう意味ではステラにも逃げ場はない。

が、リオンはステラの力を知っている。その気になれば、ステラは雷魔術で壁なり床なりを打ち抜いて、そこから逃走できるのだ。

「っていうか、手が足りないし、どうしよう、これ！」

『防戦一方のくせに、意外にしぶといよなぁマスター！』

魔包丁タークワルデを振るい、ステラの雷撃を切り刻んでいく。

さらにもう一度『影人《シャドウ》』を呼び出し、それでも物理的に手が足りないと第三の手とも言える『猫の手』まで出現させ、何とかステラの猛攻を防ぐリオンであった。

そんなリオンとステラの攻防を、マッケン王太子とリコ姫は部屋の端でただ見守っていただけではなかった。

「あの子一人に任せる訳にはいかん。俺も助けに入るぞ」

「それなら私も」

二人は顔を見合わせ、頷き合った。

マッケン王太子もリコ姫も、腕には覚えがあるのだ。

しかし、盾となったテーブルから出ようとするマッケン王太子達の前に、フラムが立ちはだかった。

「何故だ！　君の仲間だろう？」

「かつの」

フラムが言い、マッケン王太子は目を剥いた。

まさか人語を話すとは思っていなかったドラゴンが喋った事実に、一瞬頭の中が真っ白になったのだ。

「かつ……勝つ⁉」

マッケン王太子は、フラムの言葉の意味を理解した。

「ぴ！」

その通り、とフラムが強く鳴いた。

リオンとステラの戦いは、一見するとギリギリではあったが、同門とはいえそもそも生活魔術師であるリオンが王族の護衛であるステラに対抗できていることが尋常ではない。

食い下がっていられる理由は幾つかあった。

まずステラが本来の力を発揮できていないこと。操られている彼女の目的はリオンを倒すことでなく、この場から脱出することにある。その機会を窺っている分、攻撃は雑と言ってもいい。機械的に繰り出される雷魔術は脅威ではあるが、よく見れば回避することも可能なのだ。

また、リオンには、押しかけ弟子であるキアラ・オッシがいたというのも大きい。彼女もまた雷魔術の使い手であり、加えて戦闘魔術科の科長であるゴリアス・オッシの手解きを受けている。

そのキアラとの手合わせに、リオンは何度も付き合っている。加えて、魔女の家で暮らしていた頃にはステラ自身とも（半ば強制的に）稽古させられていたこともあり、癖は理解している。

厄介なのは、広範囲に被害を及ぼす雷魔術の特性であるが、それを使う判断力は、今のステラにはなさそうだ。

駆け引きがない分、今の方が楽と言ってもよかった。

とはいえ、リオンの体力も無尽蔵ではないし、王太子達を危険にさらし続ける訳にもいかない。

さて、どうしようかなと考え、リオンは視界の隅にあった自動ワゴンに目を付けた。

「ポチ、前進！」

『わぉん！』

リオンの声に応え、自動ワゴンが動き出した。その先には、ステラがいる。

「――っ⁉」

一瞬硬直するステラの目の前で、自動ワゴンは停止する。衝突を回避する機能も、造ったカーは組み込んでいたのだ。

だが、その時間があれば充分だ。

「――『影人《シャドウ》』‼」

床を奔ったリオンの影が持ち上がり、ステラを拘束する。

同時に壁に穴が開き、ソーコが現れた。穴は時空魔術に依るものだろう。

続いてケニーが飛び込んできて、部屋の様子から即座に状況を理解したのだろう、ステラに声を張り上げた。

「――『正気に戻れ』‼」

ケニーの『八つ言葉《エイト・ワード》』が響くと、ステラの身体は糸が切れた人形のようにその場に崩れ落ちた。

ステラの意識が浮上した時、彼女は仰向《あおむ》けに倒れていた。

心配そうに、リオンが顔を覗き込んでいる。

「ぬ、う……私は、一体何を……」

意識が混濁している。頭の中を緩やかに掻き混ぜられているようで、酔いそうだ。

「何をしたのか憶えていないの？」

ソーコは、少し離れたところで腕組みをしていた。

「最後に憶えているのは、リオンに首飾りのことを指摘されたところだな……そこからはサッパリだが……」

頭を揺らさないように起き上がり、部屋を見渡す。

テーブルは引っくり返り、自動ワゴンは傾き、壁には魔術で傷つけられた穴が幾つも開いていた。

自分の意識がない間に、部屋がこんな惨状になっていた。

一番考えられる可能性の答えを求め、ステラはソーコを見た。

「お察しの通り、この部屋を荒らしたのは貴女よ」

ステラは部屋を見渡し、リコがいないことに気がついた。

「姫様は無事なのか⁉」

ステラの問いに答えたのは、リオンだった。

「リコ姫様なら大丈夫です。それよりも、首飾りについて、心当たりはないですか？　他にもステラ姉さんみたいに操られている人がいるかもしれませんし、早めに対処しないと」

「それは確かに……反省は後回しだな。心当たりは、ちょっと待ってくれ……そうだな。昨日の王国会議が終わった後、姫様の警備をこの国の騎士に代わってもらって……そうだ。ラウンジで茶を飲んで休憩している時、少し……記憶が飛んでいる」

ステラが思い返してみると、不自然な記憶の欠落があった。

「一服盛られたってこと？」

ソーコが口をへの字に曲げる。

「ラウンジか。――タマ」

ケニーの懐から、球体の魔道具タマが出現する。

「あれ、もう一つあったの」

「いや、これ以外にも主要な部屋には量産したタマを置いてるんだよ。幾つだったかな。とにかく他のタマと連動してるから、これで他の部屋に設置したタマが見聞きしたモノも分かる」

「数えなくていいわよ。それでこのタマ、何か記録を取ってたの？」

「一応な」

ケニーが指を鳴らすと、壁に映像が投影された。

ラウンジ全体を見下ろす映像で、椅子に座るステラが映っていた。

「アレは――私か」

すぐにでもリコ姫の下に駆け付けたいステラだったが、さすがに今は自分を利用した人間を特定するのが優先であることぐらいは理解している。

しかし映像は、暢気《のんき》に休憩している自分の姿が映っているだけで、それがもどかしい。

「……状況が変わるまで、ちょっと時間を進めよう」

ケニーは渋い顔をして、指を動かした。するとステラ以外のラウンジを行き来する人間の動きが、数倍忙しなくなった。映像の時間を巻き戻しているのだろう、歩き方が皆、後ろ歩きだ。

しばらくして、ケニーの指の動きが停止する。

ステラは変わらず椅子に座って寛《くつろ》いでいるが、その傍らにはウェイターがいて香茶をテーブルに置いていた。

「うん、ここだ。一服盛られたとするなら、このウェイターが怪しいってことになるな。まあ、運ぶ前に薬を盛られたって線もあるけど」

ウェイターはそのまま去って行き、映像から消えていった。

……となると、このウェイターは関係がないのか？

ステラがそんなことを考えていると、映像の中のステラが香茶を口にした。

「んん？　ステラ姉さんの様子、おかしくない？」

少しして、リオンが首を傾げた。

「ほら、何か少し揺れてる。頭とか身体とか」

言われてみると、リオンの言う通りだが、その動きはほんのわずかだ。遠めの映像なので指摘がなければ気付けなかっただろう。

「よくこんな小さな動き、気付くわね……」

ソーコが呆れたような声を上げる。

そう、リオンは昔からそうだった、とステラは思い出す。とにかくこういう小さな違和感に、やたら鋭いのだ。

ケニーが指を動かし、映像のステラを拡大する。目に光がないように見えた。

すると、先ほどのウェイターが、再び現れた。彼は空になったティーカップに香茶を入れ直すと、その横に首飾りを置いた。

「催眠状態にあるようだ。確定だな」

ウェイターが映像内のステラに小さく何か囁くと、ステラは小さく頷いた。

そしてソーサーに置かれていた首飾りを、自分で装着した。

ステラは、壁に拳を叩き付けた。

「くっ、不覚を取ったところを改めて見ると、恥辱の極み。穴があったら入りたいぞ」

ソーコは壁に入ったヒビを見た。

「……壁の修理代は、アンタに請求されるってことでいいのね？」

そんなやり取りを耳にしながらも、リオンは画面から目を離さなかった。少し気になることがあったのだ。

「……うーん、これウェイターじゃないんじゃないかな」

「何か分かるか？」

「うん。ウェイターも歩き方の訓練はすると思うけど、これはちょっと違うっていうか。軍人？というより、やっぱりこれ諜報員《スパイ》……かなぁ？」

ケニーに答えるも、リオンにも確信はない。

ただ、ウェイターはこんな足音の消し方はしないと思うのだ。更に言うなら気配の消し方まで、訓練で教わるとは思えない。

ラウンジには、他にも動いている人間がいて、その中にはウェイトレスもいた。

いや、格好こそウェイトレスだが、ワゴンを押しているのは見覚えのある……というか、リオンの担任であるカーだ。

「確かに、先生とは全然動きが違うわね」

「……カー先生はこの場合、何の参考にもならないだろ」

見苦しくはないが、時にウェイトレスの教習を受けた動きでもない。

パタパタという足音が聞こえてきそうだ。

ある意味、普段通りのカーであった。

しかし今は、カーの話ではない。

皆で、ウェイターについて話し合うこととなった。

「これの素性までは無理よね。もし諜報員《スパイ》だとしたら、顔も変装してる恐れもあるし」

「だとしても、ある程度は何とかなるだろ」

ケニーが指を鳴らすと、映像が分割し、幾つもの光景が映し出された。天井近くからの映像で、各部屋や廊下が映し出されている。

その中には廊下を歩く、ウェイターの姿があった。

「ケニー?」

「言っただろ。主要な部屋にはタマを置いといたって。ウェイターを追跡するぞ。まあ敷地内だけだから、外までは無理だ。その先に関しては、デイブ殿下に頼んで衛兵とか使ってもらおう」

「さすがに建物の外までは、どうにもならない……フラム、臭いで追えたりできない？」

「ぴぅー」

ソーコの問いに、フラムは首を傾げながら、か細く鳴いた。

リオンには、フラムの言いたいことが分かる。

「できるかもしれないけど、あんまり自信ないって」

「まあ、ドラゴンだもんね。そういうのは犬の仕事か」

「ぴ」

そだね、とフラムが短く鳴いた。


レセプションルームでは、万雷の拍手が鳴り響いていた。

「エムロード王国とベリール王国の二国、そしてサフォイア連合王国のさらなる発展をここに誓おう。皆、ありがとう」

壇上にはマッケン王太子とリコ姫が立っていて、二人の婚約が発表されたところであった。

照明に照らされたマッケン王太子の宣言に、歓声が沸き上がった。

薄暗い舞台袖に戻った二人を、エムロード王国の準備スタッフが取り囲む。

「お疲れ様です、殿下」

「ああ。まあまだ挨拶が終わったばかりだ。これからが本番だぞ。リコは、少し休んだ方がいいだろうか」

「お気遣いありがとうございます。でも、大丈夫です。……疲れることは早く終わらせて、部屋でのんびりしたいです」

マッケン王太子を見上げながら、リコ姫は目を細めて微笑んだ。

「確かにな。――お前達も、頼んだぞ」

「は！」

準備スタッフ達が声を上げ、散っていく。

警備の兵達と通路を歩いていると、デイブが前に立っていた。

「マッケン兄上、よろしいか」

「デイブ。ステラの方はどうなった」

マッケン王太子の言葉に、隣にいるリコ姫も微かに反応を示す。警備の兵達がいる前だ。動じる姿を見られる訳にはいかない。

「その話はここでは問題があるので、別室で。別の話になります」

デイブはいつものふてぶてしい顔のまま、マッケン達と並んで歩き始めた。

「というと？　他に何かあったか？」

「表彰式に上がった錬金術師が、カティ・カーに挨拶をしたいっていう申し出があった」

「すればいいじゃないか」

デイブの言葉に、マッケン王太子は首を傾げた。何が問題なのだろうか。

「それが、他の人間も加わって今、数十人の団体になっているんだ」

「……あの先生も、一体何者なんだ？」

生活魔術師達は、みんな何かどこかおかしくないか？　と口にしたらデイブが何を今更、と答えそうなことを、マッケン王太子は考えていた。


中規模の会議室に、身なりのいい数十人の男女が集まっていた。

今回の王国会議で、何らかの表彰を受けた錬金術師や魔術師、研究者達であった。

共通するのは、カティ・カーに世話になったことがある人間ということである。

「ふぉ。これは壮観じゃのう。他の魔術科の科長達が見たら、さぞ驚くじゃろう」

長い白髭を撫でながら楽しそうに笑うのは、ノースフィア魔術学院の学院長、シド・ロウシャである。

その隣に立つのは、ある意味この部屋の主役、カティ・カーだ。格好はまだ女給姿のままである。

「あ、あんまり驚かせたくないですね。皆さん、お久しぶりです」

一礼すると、彼らはカーを取り囲んだ。殺到する、というほどではないが、人数が人数なので圧《あっ》がすごい。

「お久しぶりです、カー先生。まさか、魔術学院で教職に就いているとは存じませんでした」

「そうですよ。水臭い。それにカー先生、大勢の人前で話すの苦手ですよね。ちゃんとできていますか？」

痛いところを突かれるカーであった。

「あ、あはは、生活魔術科は、それほど多くはありませんから、大丈夫です」

それに、何度も教壇に立っているのだ。多少は慣れてきているはずである。多分。

「そういえば少し前に、予算の問題でトラブルがあったとか、小耳に挟みましたが……」

集団の中からそんな声がすると、皆の視線がシド・ロウシャ学院長に集まった。

「どういうことですか、学院長」

その中の一人、キーン・イーストが詰問《きつもん》する。

口調は穏やかだが、皆目が怖い。

そこそこの修羅場を潜っているシド・ロウシャ学院長の白い髭が、思わず逆立つほどである。

「ふぉっ！　それに関してはもう、解決済みじゃ。そうであろう、カー先生？」

「ですですです。全部丸く収まっていますから、大丈夫です」

やや焦りながらシド・ロウシャ学院長が話を振ると、カーは何度も首を縦に振った。

実際、終わった話である。

疑り深い人が調べても、何一つ問題はない。

キーン・イーストが小さく息を吐き、周りの人達を見渡した。

「そうですか……。しかしせっかく、カー先生もおられることですし、どうでしょう。しばらくこの国に滞在する者の中で、時間に余裕のある者が魔術学院で講演などするというのは。生徒達の刺激になる話ができそうな人間も何人かいることですし。もちろん、責任者である学院長の許可があっての話ですが」

「ふぉっふぉっふぉ、そういうことならばむしろこちらからお願いしたいぐらいじゃ」

シド・ロウシャ学院長としては、反対する理由がない。多くの研究者との繋がりもできるし、キーン・イーストの言う通り生徒達だけではなく、教師達にもいい刺激になるだろう。

アワアワしているのはカーだけだ。

「で、ですけど、皆さん立派になられて、有名な方々ですし、講演料とか……」

「ふぉ、その辺は儂《わし》の領分じゃて。さすがにただでやってもらうのも、カー先生が心苦しいじゃろうし、こんなもんでどうでしょうかの」

シド・ロウシャがサラリとメモに金額を記すと、それを見たキーン・イーストも頷いた。

「悪くない額ですな」

「ご心配なく。学院関係者の伝手、という形にして、カー先生の名前は出しません。それなら、カー先生の今後の心配もないでしょう」

「お、お心遣い、ありがとうございます」

カーが人前に出て注目を浴びるのが苦手な性格であることは理解しているのだろう、キーン・イーストの心遣いにカーは頭を下げた。

それを壁際で眺めていたデイブが、頭を振っていた。

「……何てこった。我が国最大の要人は一介の給仕……いや、教師だったのかよ」

「というか、元教え子達の年齢の幅が広すぎるんだが、カーの実年齢は一体、何歳なんだよ」

「これは俺様の直感なんだが、そこにはあんまり触れたら駄目な気がするぞ」

そんなことを話す兄弟であった。


とある高級宿の一室。

窓の外は日が傾き、夕日が部屋を照らしていた。

貴族は、身なりのいい服装をした間諜の報告を口頭で聞き終え、小さく息を吐いた。

「ご苦労だった。しかし、内容に見合わぬ損害だな」

「は、申し訳ございません」

「よい、責めている訳ではない。今の報告、書面にしてまとめておくように。……摘発された奴らは、問題ないのだな」

貴族は、この間諜に複数の間諜を用意するように指示を送っていた。珍しいことではない。どこの国も同じように、複数の間諜を王国会議に送り込んでいるだろう。

ただ、戻ってきたのは、貴族直属であるこの間諜だけだ。しかし、彼に焦りの色はない。

「そちらは抜かりなく。催眠状態での情報収集故、いかなる尋問拷問をされても、本人達が何も憶えておらず、私達にたどり着くことはありません」

「例の首飾りは」

「破壊されました。おそらく向こうの、腕の立つ魔術師が見破ったモノと思われます」

貴族は舌打ちしそうになり、自重した。一人でいるときならともかく、間諜の目の前である。品がない行為は慎むべきだろう。

「今更悔やんでもしょうがないが、値段的にアレを失ったのは痛いな。必要経費だ、必要経費。他は……そうだな、使用した小道具はどう処分した」

「変装に使用したウェイターの衣装などは、会場の裏手で火魔術で焼却してあります。証拠は残っていないはずです」

今のところ、間諜の行動に、足がつくようなモノはない。

しかし何だろう……貴族の頭には、嫌な予感があった。


夕暮れに染まる王都の大通りを、リオン達は早足で駆けていた。

他はソーコ、ケニー、フラム、デイブとノイン、護衛が二人である。

先頭にはリオンの呼び出した、狼の使い魔『白狼《ハクロー》』。これが一番、鼻が利く。

一行は、間諜の行方を追っていた。

「ゴミが捨てられる前でよかったわ」

リオンが持っているのは、ウェイターに扮していた間諜の身に着けられていた、ネクタイだ。

ソーコが燃え滓《かす》の時間を時空魔術で巻き戻し、復元させたモノである。

「あ、近いみたいだよ。『白狼《ハクロー》』の足が早くなってきてる」

やがて、『白狼《ハクロー》』は高級宿の前で足を止めると、リオンを振り返り「わぉん」と短く鳴いた。

「ここみたいだねぇ」

「ってことだ。お前達、気を引き締めろ」

「は！」

デイブの言葉に、護衛の二人が声を上げる。

こういう戦闘は、リオン達よりも訓練を積んでいる護衛達の方が向いている、というのがデイブの意見であり、リオンも反対する理由はなかった。

「窓から逃げられちゃうんじゃない？」

ソーコは、窓を指差した。

間諜は逃げることに長けており、一番高いところにある窓どころか、屋上からでも逃走できるかもしれないのだという。

しかし、デイブは動じなかった。

「そっちには他の兵士達に回ってもらっている。ここで取り逃すヘマはしねえよ」

「あとは、どうやって入れてもらうかだね。部屋番号とかはホテルの人に聞けば大丈夫だと思うけど……」

「ルームサービスとでも名乗れば、いいんじゃないか？　国の一大事だし、従業員服ぐらい貸してもらえるだろ」

そんな話をしながら、リオン達は高級宿に足を踏み入れた。


貴族と間諜の話は続いていた。

「報告の中で、一つ気になる点がある。『表彰された錬金術師と親しげにしている女給』に関してだが……」

単に愛想のいい女給を、錬金術師が気に入っただけ、という線ももちろんある。

だが貴族の中で、どうにも引っ掛かる存在であった。

「再調査いたしましょうか」

間諜の問いに、貴族は苦笑いを浮かべながら、首を振った。

「いや、そこまでの必要はないだろう。年齢が合わないと感じただけだ。錬金術師の知人の娘という線もあるし、その方が自然と考えるべきだ。大したことではないだろう」

その時、ノックの音がした。

部屋に緊張が奔《はし》る。

「……！」

間諜はどこに隠し持っていたのか、いつの間にか手にはナイフがあった。

貴族は血生臭いことは嫌いなので、間諜に向けて首を振った。

「何者だ」

貴族の問いに、扉の向こうから若い男の声がした。

「ホテルの者です。ルームサービスをお持ちいたしました」

ドアスコープを覗いてみると、そこに立っていたのは間違いなくホテルの従業員の制服を着た男だった。

口元にホクロのある彼もこちらに気付いたようで、笑顔で会釈を返してきていた。
問題ない。
貴族は間諜に頷き、ドアを開いたのだった。

第五話　生活魔術師達、生活魔術を教える

大きな拍手が起こり、会議場の大扉が左右に開く。

王国会議の閉会式が、終了したのだ。

拍手は鳴り止まぬまま、各国の要人達が会議場の中から吐き出されてくる。

「やれやれ、無事に終わりましたな」

そんな中の一人が、某国で外務大臣を務める男は、ネクタイを緩めながらホッと息を吐き出した。

横を歩く、隣国の友人であり貴族の男もコキコキと首を鳴らしていた。

「ああ、多少のトラブルはありましたが、被害がなくて何より。……ということにしておかねばなりませんな。例の魔道具の件もありますし」

「こちらも、絶対手に入れろと部下達にせっつかれております。気持ちは分かりますがね。確かにアレは、一度体験してみたら手放せない。作業の効率がまるで違う」

エリーシと言ったか。人工知性に特化したゴーレムなど、聞いたことがなかった。

この国の冒険者ギルドでは既に、本格的に運用が始められているという。

男も母国では文官の長である。

あの魔道具の有用性は認めざるを得ない。

これを手に入れるには、この国の商会が窓口となっていた。

「ハンド商会と言いましたかな。購入の手続きは済ませましたが……我が国に届くのはいつになるのやら」

やれやれ、と貴族の男が首を振る。

エリーシは注文が殺到し、さすがにすぐに手に入れるのは難しいのだ。

これはしょうがない。

外務大臣に同行してきた魔術師達によれば、量産できるような代物ではないらしい。

気長に待つしかないだろう。

他にも話すべきことは、色々とあった。

「食事も素晴らしかった。それにしても、あの謎肉ステーキというのは、何の肉なんでしょうな」

今思い出しても、外務大臣の口の中に涎《よだれ》が溜まる。

食べたことがない食感の肉だった。歯応えはあるのに噛めば脂が溶けるような肉質で、幾ら食べても飽きることがなかった。

レセプションパーティーでは、立ち食い形式の料理の中に、ミニステーキやハンバーグ、ジェントの天ぷらと呼ばれるモノも並んでいた。

「ここの王が率先して食べていたし問題はないとは言いますが、気になりますなあ。我が国の料理長も腕はありますが、素材が分からねばさすがに真似もさせられません。だからこそ、この土産はあり難い」

貴族の男が、紙袋を掲げる。

閉会式が終わり会議場を出る際に、出口に待機していたスタッフから渡されたモノである。

中身は謎肉を使用したサンドウィッチであるという。

もちろん外務大臣の手にも、同じ紙袋があった。

「おやおや、そちらは自分で食べずに料理長に食べさせるのですか。いや、食文化の普及を考えれば正しいとは思いますが」

「もちろん、料理長の研究には私も立ち会いますとも。料理長一人に食べさせるなんて、とてもとても」

「ふはははは、何はともあれ、良いイベントでしたな」

「はっはっは、それは間違いないかと」

外務大臣と貴族の男は、笑いながら会場を後にしたのだった。

◇◇◇

会議場の貴賓室では、マッケン王太子とリコ姫の前でステラが跪《ひざまず》いていた。

椅子に座るリコ姫の眉は悲しげに下がり、隣に座るマッケン王太子は表情こそ変わっていなかったがチラチラとリコ姫を気にしているのは明らかだった。

「ステラ、決意は固いのですか」

「はい。姫様を裏切り、情報を漏洩しようとした罪を贖《あがな》うには、これしかないと思います。姫様の護衛の任から、降りようと思います……いや、何ならジェント式に切腹でもしようかと」

顔を上げたステラがマッケン王太子を見た。

マッケン王太子は彼女を見下ろしたまま、腰に手をやった。帯剣していなくて良かったと思うマッケン王太子であった。

ステラに催眠暗示を掛けた、某国の貴族と間諜達は、デイブとブラウニーズによって捕らえられた。これは表沙汰にはしておらず、現在彼らの素性や国との関わりは、軍の尋問官によって聞き取り調査が行われている。

当然、相手国に対して、この貴族の引き取りや諜報活動への賠償といった交渉を行う予定ではあるが、それは今のステラとのやり取りには関わりのないことだ。

「罪に対して罰が大きすぎます⁉　第一、催眠状態の上、未遂ではないですか！」

リコ姫の抗議に、しかしステラは首を振った。

「裏切ろうとしたのは事実です。それにもしもこれが、姫様の暗殺だったらと考えれば……私に護衛の資格があるとは思えません」

項垂れ、ステラがローブをまくり上げようとしたので、マッケン王太子は慌てて制した。

「待て待て待て、言いながら腹を出そうとするな。男の前だぞ。はしたない」

「申し訳ございません、殿下。では、殿下が去ってから……」

「そういう問題じゃない（です）！」

マッケン王太子とリコ姫の声がハモった。

「そうですね。お二人の前で刃物を出す訳にはいきませんね」

「おいリコ、何一つ分かってないぞコイツ」

マッケン王太子はステラを指差した。

そもそも切腹をするなという話である。

「……思い込みの激しさには定評がありますから。まあ、だから催眠にも掛かりやすかったのかもしれませんが。あ！　雷魔術で雷光の刃とか出すのも禁止ですからね！」

リコ姫がステラの次の手を読むように、注意する。

「そちらは問題ありません」

どう問題がないのだろう、とマッケン王太子は首を傾げた。腹を切りながら魔術を維持できないとか、そういうことだろうか。

「何が問題ないのか分かりませんけど、魔術でも刃物ですからね」

「いえ、そうではなくもう、自分の雷魔術には封印を施しましたから使えません」

「ちょっ……!?」

マッケン王太子と同じく、リコ姫も絶句しているようだった。

◇◇◇

「ということがあったらしい」

小会議室に集まったリオン達に、デイブはマッケン王太子から聞いた出来事を話した。

リオンは呆れも驚きもしたが、ステラならあり得る話だなと納得することにした。

「はー……ステラ姉さんも、思い切ったことするよね。元々、決断力は人並み以上にある人だったけど」

「まあ、本人がそれを望んでるなら、その通りにすりゃいいんじゃないの？　責任取って辞職っていうのなら、それが罰として軽いか重いかはともかく、筋は一応通ってるじゃない」

ソーコは肩を竦めて、首を振った。

ステラの意思を尊重するようだ。

一方、ケニーはソーコの意見に懐疑的なようだ。

「まあ、責任を取ったことになるかは、分からないけどな。見ようによっちゃ責任放棄とも取れるし。普通の退職ならともかく、職務上のミス……って言っていいのかは分からないけど、こういう場合は本人が決めることじゃなくて、雇用主の判断に従うモノだろ」

「じゃあ、どうしろっていうのよ」

「死ぬまでただ働きとか」

ケニーの即答に、ソーコの顔が引きつった。

「……鬼の発想だわ」

「まあ、真面目なところ、ステラさんは有能だし、一回のミスで罷免とか勿体なさ過ぎるよな。謹慎とか、一時的な減俸とかが妥当だろうなと思う」

ケニーが言うと、デイブは頷いた。

「そこは、マッケン兄上達も同意見だ。大体辞めた後、余所の国に行かれても困る」

「それは確かに」

それぐらいはリオンも分かる。ステラは実力も高いが、リコ姫の母国であるベリール王国にも深く関わっている。他国に所属されると困る存在だ。

「後は心情的な問題だが、ステラさんとリコ姫様は仲がいいだろ？」

ケニーの言葉に、ソーコが同意する。

「まあ、悪いようには見えないわね。主従関係としての是非はさておき、友人同士みたいだし。それで？」

「いや、ステラさんがいなくなると、リコ姫様が悲しむ。リコ姫様が悲しむと、マッケン王太子殿下のテンションが下がる」

「風が吹くと桶屋が儲かる理論というか、負のわらしべ理論というか……」

ソーコが力なく笑った。

「クソ厄介な……！」

と、デイブは呻いた。

「退職はひとまず見送りとなったが、かといって一番の武器の雷魔術が使えないんじゃ護衛は厳しい、か。いや、待てよ……？」

デイブがケニーを見た。

「できますよ。『七つ言葉《セブン・ワード》』で『封印解けろ』で解決します。でも……」

デイブが小さく舌打ちした。

「本人にその意思がなきゃ、また封印するだけってことだな。根本的な問題を解決しなきゃ意味がねえって訳だ」

そんな二人のやり取りを聞きながら、リオンは違う道を模索していた。護衛を辞めたがっているのは、ステラが己に失望したからだ。

だが、リコ姫から離れたいのかというと、それはまた違う話になるだろう。

同じ仕えるにしても、護衛以外に何かあるのではないだろうか。

「うーん……護衛が無理なら、侍女としてリコ姫様に仕えるっていうのは……どうかな？」

「あら、いいじゃない」

リオンの思いつきだったが、ソーコには好感触だったようだ。

ただ、侍女になるにしても一つ、大きな課題があった。

「問題はステラ姉さん、致命的な家事音痴なんだよね」

そう、師匠の家で修業していた時も、ステラは家事を免除されていた。任せると、家が崩壊するか全焼するかしてしまうからだ。

「ま、本人不在のまま、ここで話をしててもしょうがないんじゃない？　ステラさんと直接話した方が手っ取り早いと思うんだけど」

ソーコの提案に、デイブは顎をしゃくった。

「確かにな。じゃ、あっちの部屋に移動するか」

ノインが扉を開く。

部屋を出るデイブの後ろを、リオン達はついていくことにした。

「……すごく気軽に勧められてるけど、王太子とその婚約者の部屋なんだよねえ」

「その王太子の弟がいいっつってんだ。気にすんな」

デイブはぶっきらぼうに言い、廊下を進むのだった。

◇◇◇

そうして、貴賓室に皆が集まった……が。

「侍女もメイドもダメだ」

ステラの決意は固いらしく、首を振った。

それを見て、ソーコが嘆息を漏らす。

「我が儘ね」

「好き嫌いで言っているのではない。いや、得意かどうかで言えば、不得意ではあるが。身の回りの世話は婆や達がやっている。私が仕事を奪う訳にはいかないだろう」

ステラの言葉にも一理あると感じたのか、ソーコは口をへの字にした。

「……無理矢理仕事を作るというのも、おかしな話になるわね」

「そうだろう。そんな仕事で給金を頂く訳にもいかん」

ステラも勢いで辞意を伝えていた訳ではないらしい。

しかし、このままでも困るだろうと、リオンも説得を試みることにした。

「ステラ姉さんが護衛の仕事を辞めたら、その仕事をする人をまた、探さないといけないよね」

「それは当然だろう。私と同等……いや、私で駄目だったのだから私以上の人間に護衛になってもらいたい」

「そんな人材、いるかなぁ」

手間も時間も掛かる上、当分護衛なしになるかもしれない。

何しろ王族に仕えるのだ。能力と同時に、人格的なモノも携えていなければならない。

「やってもらわなければ困るが、それは私の仕事ではないな」

できれば、ステラ姉さんには引き継げる人間を探すところまでやって欲しいなあ、と思うのがリオンの本音であった。

そんなことを考えていると、横にいたケニーが一歩進み出てきた。

「婆やさん達の仕事って、全部手作業なんですかね？」

「む？　そうだな。皆、見事な技術を持っているぞ。特にベッドメイクの作業は神懸かっている」

「アレは確かに、すごいです」

「ですよね」

リコ姫がステラを見ながら、ポンと手を打った。

どうやら、ベリール王国では共通の認識であるようだった。

そこで、ケニーがどういう方向に話持っていこうとしているのか、リオンは気付いた。

「あ、ケニー君、もしかして……」

「ステラさん、生活魔術覚える気はないですか？」

リオンに頷いてから、ケニーはそうステラに提案した。

「む、どういうことだ？」

「そのまんまの意味ですよ。婆やさん達が凄腕だっていうのは話を聞いた感じで何となく分かりますけど、年配の人が多いじゃないですか。負担の大きな仕事も多いと思います。そこを、ステラさんが生活魔術でサポートできればいいんじゃないかと思ったんですよ」

「なるほどね。ステラさんは元々魔術師だし、生活魔術の修得も難しくないわ。そもそも、生活魔術は誰でも簡単に学べるところが強みなんだし」

ケニーの流れるようなプレゼンテーションに、ソーコも追従《ついじゅう》する。

「それは……」

護衛は辞める、侍女もメイドも嫌、引き継ぎ役はそちらで見つけてくれと続け、これ以上の拒絶も大人げないと思ったのだろうか。

ケニー達の勢いに、ステラも押されがちだ。

「一旦世話係の立ち位置で婆やさんの下について、状況を見て、そのまま世話係を続けるなり、護衛が見つからないならそっちに復職するなりすりゃあいいんじゃないですかね。ステラさんの施した封印なら、解く方法ありますんで」

「何だと……？」

ステラが驚きに目を見開いた。ケニーの『七つ言葉《セブン・ワード》』で、『封印解けろ』と口にすれば、封印はおそらく解けるのだが、リオンは黙っておいた。

ケニーがさっきも言っていた通り、ステラ自身に封印を解く気がなければ、どうせまた封印してしまうだけだからだ。

代わりに、リコ姫に話の水を向けた。

「ふ、封印についてはさておいて、上司であるリコ姫様はどう思いますか？」

「今のところ、ラックさんの案に反対する理由はありません」

職が変わることがあっても、ステラが離れないのなら、問題はないようだ。

リオンは念のため、ステラに小声で確認することにした。

「……リコ姫様の傍を離れたい訳じゃないんだよね？」

「それはそうだが、私は護衛としての仕事に失敗した。なのに傍に侍《はべ》るというのが、あまりに申し訳ないだろう」

リオンとしては、このステラの言い分も分かるのだ。

ただ、やり方がちょっと強引というか、判断が早すぎるなあ、とも思うのだった。

◇◇◇

王国会議閉幕の翌日。

ノースフィア魔術学院には、殆ど人気《ひとけ》がなかった。

広場も、廊下も、教室もガランとしている。

というのも、王国会議には魔術学院の科長達も多く（またリオン達のように生徒もそれなりの数が）動員されており、翌日からまた通常の授業に戻るというのは、さすがに負担が大きいということで休校となっていたのである。

なので魔術学院全体が閑散としていた。

そんな中、生活魔術科の教室には、カーと二人の生活魔術師の卵がいた。

「ふむ。どうにも違和感があるな」

席に座る生徒は二人、一人はステラである。

「長い間、宮廷魔術師のローブを着ていたのだから無理はありませんよ。そのうち、気にならなくなります」

「そういうものか。……それはいいとして、彼女は一体なんだ？」

ステラは隣に座る、無表情の少女を見た。

「――ノインと申します」

ノインも隣のステラに顔を向け、頭を下げた。

「名前を聞いているのではないのだが。確かデイブ殿下の侍女であったか」

「彼女も生活魔術科の生徒なんです。普段も学んでいますが、せっかくなので参加してもらうことにしました」

ノインは、コクリと頷いた。

「——はい。勉強させていただきます」

ちなみにデイブは王城で執務に専念している。

「とりあえず、基礎的なところから確認してみましょうか」

カーはそう言ったものの、確認作業はあっさりと終わってしまった。さすがリオンの姉弟子というべきか、魔力操作等の基礎的な部分は完璧だったのだ。

これなら、すぐに実践に入ることもできそうである。もっとも生活魔術は大抵の人間が扱えるので、基礎の確認はあくまで形式的なものであった。

「それでカー先生、どういう生活魔術を学ぶのだ?」

「そうですね。まずは色々と使える生活魔術の種類を増やしたいと思います。普段の授業なら分かりやすさを重視して、一つの魔術を丁寧に教えていくのですが、ステラさんは基礎が完璧なので効率を重視したいと思います」

カーの答えに、ふむ、とステラは頷いた。

「要するに、実践で使えるか使えないかはともかくとして、まずはある生活魔術をありったけ詰め込もうと、そういうことだな」

「そういうことです」

リオンの話では、ステラは家事全般が全滅だという。

ならば、使えそうな生活魔術を一つずつ修得して検証するよりも、ある程度まとめて修得してもらい、リコ姫の世話に役立つか試した方がいいだろうというのが、カーの考えであった。

ステラが、隣に座るノインを見た。

「しかしそれはノインは大丈夫なのか？」

「ノインさんの場合、見聞きしたことをスポンジのように吸収するので、むしろ今の機会にありったけ叩き込む方が良いとデイブ殿下もおっしゃっていました。今回、ノインさんに同席してもらった理由は、そこにあるんです」

「――よろしくお願いします」

ノインが、ペコリと頭を下げた。

「では始めましょうか」

言ってカーが教卓に置いたのは、大きな箱だった。

いや、一瞬ステラにはそう見えただけで、よく見ると何冊にも積まれた書物だった。即ち教材である。

同じモノが、ステラとノインの前にも積まれた。書物の壁に阻まれ、カーの姿が見えなくなる。

「分厚いな、教科書⁉︎」

「何しろ生活魔術は多岐に渡っていますので。あ、本来授業で使う教科書は、こんなじゃないですよ。もちろん薄いという意味です」

「それはそうだろう……初見《しょけん》でこれを見せられたら、生徒の大半は心が折れると思う」

「イナバさんのように時空魔術を使えなければ、持ち歩くのも大変ですしね」

「そういう問題でもないと思うが……」

読むだけでも大変そうだ。ましてやその内容の理解となると、恐ろしく時間が掛かりそうだ。

まあ、カーの言うように携帯性にも難はありそうだが。

「一応『軽減』という生活魔術もあるんですけど、嵩張《かさば》る問題はどうにもならないんですよね……」

「カー先生も、微妙にズレているな。それにしてもこの量は……それなりに様々《さまざま》な魔導書を読んできた私でも、骨が折れそうだ」

「はい。なので、この教科書を使う場合、一番最初のページに書かれている生活魔術は『速読』なんです」

ステラは一番上の書物を手に取ると、表紙を開いた。

カーの言う通り、最初にある生活魔術は『速読』であった。

「……なるほど。理にかなっている」

「ノインさんは……あ、あれ？　もう修得しちゃいましたか？」

ステラが横を見ると、ノインがすごい勢いで書物のページを捲《めく》っていた。既に二冊読み終わり、三冊目に取りかかっていた。

「――問題ありません。普通に内容を覚えることが可能です」

捲られるページと連動する指の動きも恐ろしく速いが、その目も凄まじく左右に動き続ける。

「……カー先生、彼女は生活魔術、必要ないんじゃないか？　大体のことは、素《す》のスペックでこなしてしまいそうだぞ……？」

「う、うーん……」

ステラの問いに、カーも言葉に困ったようだった。

◇◇◇

カー達から少し離れたところで、リオン達は作業の準備を行っていた。

ケニーを中心に、左右にソーコ、リオンと、長方形のテーブルを囲む形を取った。

パン、とケニーが手を合わせる。

「じゃあ、こっちはこっちで作業を進めますか」

「……それはいいけど、ギャラリーが多いわね。何で？」

ソーコが、ケニーの向かい側に視線を向ける。

そこには、マッケン王太子、リコ姫、そしてデイブといった王族に加え、錬金術師のキーン・イーストを始めとしたカーの元教え子達も、こちらの様子を見守っていた。

「いいじゃねえか。魔道具作りなんて、滅多に見られるもんじゃねえんだし。現場のことを知っとけば、後々オレ達と話が通じやすくなるかもしれねえだろ？」

「単純に興味があります」

と笑う、マッケン王太子とリコ姫。

ソーコが腰に手を当て、小さくため息をついた。

「王族に見守られながらとか、微妙にやりづらいわ……」

「言いながら、特に緊張してないだろ、お前ら」

相変わらず不機嫌そうに、デイブが突っ込んできた。

いいや、リオンも含め、ケニーやソーコも人前で魔道具を作るのだから、それなりには緊張はしているのである。

ただ、偉い人達の前だからというのとは、ちょっと違うのだ。

「そこはほら、デイブ殿下。これまで遭遇した方々を思い出すと……」

ある程度の耐性ができつつある、リオンである。

そこは分かってくれたのか、デイブは何やら思い出しながら顔をしかめた。

「ああ……聖女とか神様とか、あと霊獣とか。まあ分からねえでもねえが。あ、一応言っとくけど、表舞台では……」

「ちゃんと敬意は払っていますよ。俺達を食わせてくれてるんですから」

釘を差そうとするデイブに、ケニーは肩を竦めた。

それに対して、マッケン王太子が大きく笑った。

「ハッハッハ、王族ってのはつまり、そういうもんだよなあ！」

笑いを収めると、マッケン王太子は大きく左腕を広げた。

「っていうか皆も、距離を取れ距離を！　やりづらい以前に、暑苦しいわ！」

長テーブルの一辺に、十数人である。

しかも後ろにいるキーン・イースト達は、少しでも前で見ようとしたがるので、圧が強い。

ちなみにマッケン王太子の右腕は、しっかりリコ姫を守っていた。

王族が前、カーの教え子達が後ろというのは、彼らも分かっているようだ。

……だが。

「し、しかし、マッケン殿下。殿下もおっしゃった通り、このような機会は滅多にありませんぞ」

「さ、左様左様」

彼らも研究者。専門家として、ささやかながら抵抗を試みてきたようだ。

しかし、端《はた》から見ていて、リオンは違和感を覚えた。

彼らの視線の幾つかが長テーブルではなく、ケニーに向けられていた。

どうやらそれに、マッケン王太子も気付いたようだ。

「ん？　どういうことだ？」

「ほら、兄上。ここにいる一部の連中は、ケニーの……」

首を傾げるマッケン王太子に、デイブが近付き、耳元で囁く。

「ああ！　愛好者《ファン》……おっと」

マッケン王太子はポンと手の平を拳で打ってから、慌てて言葉を止めた。

小さく咳払いをする。

「まあ、気持ちは分かるが、それでもだ！　作業を見たいのは分かるが、なら尚更《なおさら》、コイツらがやりやすいように環境を整えるべきだろうが！」

「おっしゃる通りで！　失礼致しました」

カーの教え子達は、一斉にケニーに頭を下げた。

「そこはオレに頭を下げるところじゃねえかなぁ。不敬罪でしょっ引《ぴ》くぞ、お前ら」

恐れ多くて突っ込めないが、マッケン王太子なりの王族ジョークだと思いたいリオンであった。

「言っておきますけど、そんな大層なモノは作りませんよ？　ステラさんが雷魔術を封印したんだから、それをサポートする魔道具を作るってだけなんですし。ソーコ、素材を頼む」

「はいはいっと。予算は王族持ちだから、そこそこいいモノ使うわよ」

ソーコが亜空間から、鉱石や液体の入った瓶、実験器具などを取り出す。

その内のいくつかは、事前にデイブから受け取った稀少な素材も含まれていた。

「魔道具の品質に関しては信用してるが、お手柔らかに頼むぜ」

それ以外にも、フラムの爪や火溜山の岩、天空城で倒したゴーレムの核などもある。

リオンはポケットから古い指輪を二つ、取り出した。

これが、今回作る魔道具の中心となる素材だ。

一方、ソーコは鍵束を手に取った。

「あと、こっちはマッケン殿下とリコ姫様用の、お忍び魔道具を作る予定なんだけど、最終確認しとくわ。リクエストはこれでいいのね？」

「ああ。毎回毎回、変装が面倒くさくてなあ」

「私もです。魔道具でできるのなら、是非お願いします」

お願いする二人に、デイブは渋い顔をしていた。

「俺様や家臣連中としては、あんまり多用されちゃ困る魔道具なんだがな……」

「ちゃんと仕事はするっつーの」

「その前に、せめて出掛けることを話せっつーの！」

ヒラヒラと手を振るマッケン王太子に、デイブが怒鳴る。

こうして見ると、やっぱり兄弟だなあと思うリオンであった。

「……デイブ殿下、追跡できるマーカーも作っときます？」

そんな提案をするケニーに、デイブはグッと親指を立てた。

「是非頼む。幾つ作ってくれても構わねえぞ」

「おいおい、オレのプライベートを台無しにしてくれるなよ⁉」

慌ててデイブに抗議するマッケン王太子。

一方、リコ姫はソーコに声を掛けていた。

「イナバ様、よろしいですか？」

「呼び捨てで構わないわよ。王族が敬語で、こっちがタメ口……対等みたいは喋り方は変でしょ」

「では、イナバさん。私とマッケン様に、直接変化術を伝授すれば、もっと手っ取り早いのでは？」

確かにその通りだが、ソーコは首を振った。

「私の変化術はまだまだで、人に教えられるほどのモノじゃないの。それは、ジェントからちゃんと、変化術の使い手を呼び寄せた方がいいわね」

ソーコは鉄の輪に束ねられた鍵の一つ一つに、変化術を付与していく。

動きやすい平民の服、冒険者の装備、パーティー用の礼服にドレス。

もちろん後で、マッケン王太子とリコ姫用に鍵は分けられるのだが、男女間違ったら大変なことになりそうだな、と思うリオンである。

そんなことを考えるリオンを余所に、リコ姫は思案顔を作っていた。

「そうですか……ジェントとなると、遠いですね。この国が交流を強めているのは知っていますけど」

「あ、それに関しちゃ問題ねえよ。今はちょっと言えねえけど、後で説明する」

悩むリコ姫に、マッケン王太子がフォローを入れた。

「は、はい」

鏡魔術で、このエムロード王国と極東ジェントは繋がっており、距離は連合の隣国よりも近いと言ってもいい。

さすがにこれは、連合の他の国にも極秘にせざるを得ない事項なので、リコ姫も知らないでいたのだった。

このままだと何も進まなそうなので、リオンはとにかく手を動かすことにした。

「え、えーと、フラムちゃん。わたし達は精霊召喚できるアクセサリーを作ろうか」

「ぴぃ！」

横に浮かんでいたフラムが、勢いよく鳴く。

リオンの手元にあるのは、二つの小さな指輪だ。

どちらも透明でガラスのようだ。

使用する素材は、火溜山の火口から取り出した溶岩と純氷。純氷は薄い紙の上に置いているが、ドロドロの溶岩はさすがにそういう訳にもいかないので耐熱性の柄杓《ひしゃく》に入れてある。

リオンの目にはどちらの素材にも精霊が宿り、漂っているのが見えていた。

小さな魔法陣の記された羊皮紙をテーブルに敷き、中心に指輪の一つを置く。

付与に必要な呪文は長いが、リオンは暗記しているので問題ない。

羊皮紙の魔法陣が光を放ったのを確認すると、リオンは耐熱性の柄杓を手に取り、指輪の上でそれを傾けた。

当然指輪に溶岩が注がれるはずだが、その前に溶岩は中空で消えていた。

代わりに指輪に変化があり、透明だった指輪は強い赤へと色を変えていた。

「フラムちゃん。暖かい程度の温度を教えてね」

「ぴ！」

「普通だったらここが一番難しいんだけどねー」

指輪に付与した温度の調節である。

このままの指輪だと、持つことはできても指に通した瞬間に大火傷《おおやけど》である。

リオンは指輪の上で人差し指をクルクルと回し、熱を下げていく。

少しずつ指輪の赤が薄れていき、透明へと近付いていく。

「ぴぁ！」

限りなく元の色に近くなった頃、フラムが鳴いた。

そこで、リオンは回していた指を止めた。

リオンは赤い指輪をつまみ、照明に照らしてみる。火の精霊が緩やかに漂っている。

「よし、一つできた。フラムちゃん、ありがとうね」

「ぴぁー」

どういたしまして、とフラムが鳴いた。

同じ作業を今度は純氷で行い、今度は青い指輪が完成した。

リコ姫が指輪の完成に気づき、リオンに声を掛けてきた。

「あの、スターフ様。この二つの指輪はどういう効果があるモノなのでしょうか。色が違うのは分かるのですが……」

「わたしも、様はいいですよ、リコ姫様。えっと、こっちは嵌めると少し温かくなる指輪で、こっちは逆に涼しくなる指輪です」

リオンの説明に、マッケン王太子が身を乗り出してきた。

「なるほど、雪山や火山地帯での探索に便利そうだな」

「あの、普通に冬や夏を快適に過ごすことを想定しての魔道具なんですが……まあ、冒険に使えるといえば使えますすけど。ちなみに『空調』っていう生活魔術でも、同じ効果を得られます」

もちろん『空調』の生活魔術は魔力を消費する。

リオンが作った指輪は魔力も充填《じゅうてん》済みだし、嵌めるだけで効果が出る。

違いといえば、それぐらいだ。

すると、リオンのローブをフラムが摘まんだ。

「ぴゃーぴゃー」

「そうだね、フラムちゃんも同じことできるね」

「ぴ！」

フラムは魔力を放出することで、周囲の空間を快適な温度に保つことができるのである。寒い時には暖かく、暑い時には涼しくといった具合にだ。

リオンとフラムのやり取りを見ていたデイブが、首を傾げた。

「……そんなこと、できてたか？　いや、部屋を暖かくすることは、何となくできそうだが」

「こう見えて、フラムちゃんも成長しているんです。ちなみに部屋を冷やすのは、周囲の熱を吸収することで可能なんですよ。同じ原理で、直接触れる必要はありますけど、火傷したところを冷やしたりもできます」

「ぴー！」

　フラムは宙に浮いたまま、胸を張った。

「火龍の娘を火傷の応急処置に使うとか、普通に畏れ多すぎねえか……？」

「まあ、生活魔術科《ウチ》の料理担当はみんな手際がいいですし、火傷とか包丁で指を切ったりは殆どないんですけどね」

「いや、そういう問題でもねえだろ」

　確かに料理担当の手際はいいが、とデイブは呟いた。

「それよりも、あちらの人達は色んな分野のエキスパートなんですよね？」

　リオンがデイブに話を振ったのは、ケニーの魔道具作りを見学している、カーの元教え子達だった。

「ん？　ああまあ、そうだな。ジャンルはバラバラだが」

　それは好都合、とリオンは手を合わせた。

「じゃあ、色んな視点から、生活の改善点とか思い付くと思うんですよ。そうじゃなくても人間である限り生活は絶対しているんで、役に立たない人は誰もいないと思いますし。手伝ってもらうことってできますか？」

「っていう話だが、どうする？」

聞いてただろ、とデイブは後ろにいた人々に声を掛けた。

「魔道具というのは、我々でも作れるモノなのですかな？」

「作ること自体は難易度が少し高いですけど、自分の生活でこういうのが不便とか、こういう魔道具があればとか、そういう思いつきを出していただくだけでも助かります。あ、今回のメインはリコ姫様の生活周りなので、そこは意識してくれますでしょうか？　えっとリコ姫様も」

「わ、分かりました」

すると、リコ姫を中心に、カーの教え子達が話し合いを始めた。

それを眺めながら、デイブはすぐ横に浮いているフラムに声を掛けた。

「……おい、フラム。お前の相棒、王族までこき使い始めたぞ」

「ぴぅー！」

鳴きながらフラムはまたしても胸を張った。

「ああ、すげーすげー。言葉は分からなくても、何が言いたいかぐらいは伝わるぜ。リオンはすげえよな」

「そ、そんなことないですよ!?　わたしはただ、見学してるだけっていうのも勿体ないなって思っただけですし」

「……何気に肝据わってんだよなあ、お前」

慌てて取り繕うとするリオンに、デイブは乾いた笑みを浮かべていた。

そんなデイブを余所に、リコ姫とカーの元教え子達の話は続いていた。

「つまり、毒殺防止としてリコ姫様は一人で食事をされていると。となると、調理系の生活魔術は欲しいですな」

「そうですね。いざという時のために、私自身も覚えておきたいところです」

そしてリコ姫が関わっているとなると、黙っていないのがマッケン王太子である。

「おいおい、近いうちに二人で食事になるから、そこは忘れないでくれよな」

「将来的には、三人とか四人になります」

「お、おおおう」

柔らかく笑うリコ姫に、マッケン王太子の声が上ずっていた。

「……兄上、動揺しすぎだ」

放置もできず、デイブは兄を落ち着かせようと、その背中をポンポンと叩いた。

一方、カーの元教え子の一人が、ステラの経歴書に目を通していた。

「殿下が何を想像されているかは置いておいて、ステラ殿は料理も壊滅的という話ですな。姫様、具体的にはどういうことでしょうか？」

「本人曰く、レシピ通りに作れないという話ですね。正確には作ろうとしても何故か、爆発するとか。かといって、レシピを無視すれば、できあがるのは黒焦げの物質か蠢《うごめ》くゲル状物質です」

「……この経歴を見るに、錬金術も、できるのですな。あちらもレシピ通りに作らなければ失敗するのに、そちらは問題ない。……どういうことでしょうな？」

経歴書を読んでいたカーの元教え子は、仲間達に尋ねた。

様々な意見が出る中、清掃の話も出ていた。

ステラが掃除をすれば、部屋の調度品がよく壊れるのだ。調度品だけではなく、道具や大きな家具もである。

「道具や家具を壊してしまうというのならば、壊れない素材で作ればよろしい。不壊属性をご存じですかな？」

「触れたモノの抵抗力を高める手袋は作れませんかね？　或いは、使用者を弱体化させる類の魔道具です。家事ということを考えると、形状は薄手の白手袋が望ましいのですが」

「ほうほうほう、水仕事をしていると、部屋が水浸しに……ならば、精霊術の分野になりますかな。水の精霊を従えさせるか、風属性の魔道具か。彼女の素質があれば、精霊術も習得できそうな気もしますが、手段は幾つあってもよろしい」

さすがは研究者達、次々と出てくるアイデアを披露していく。

しかしそれらを垂れ流しにするのは、あまりに勿体ない。

「と、とりあえずアイデアは紙にまとめませんか？」

リオンの提案に、カーの元教え子の一人が手を挙げた。

「そういうことなら私が得意ですよ。大きめの用紙とペンをもらえますかね。後はそのアイデアを絞って、あの御方……ラック君にお渡しすればいいのですね？」

「はい、よろしくお願いします！」

リオンは頭を下げ、ソーコに紙とペンを出してもらうのだった。

◇◇◇

「なあ、デイブよ。もしかしてオレ達は今、えらいモノを見てるんじゃねえか？」

そんな囁きに近いマッケン王太子の声は、近くにいたデイブにしか聞こえなかった。

「今頃気付いたのかよ。本来なら恐ろしく金を積まないと集められない面子《めんつ》が参加している上――」

デイブは、ふんと鼻を鳴らしながら、視線を正面にやった。

ケニーが『七つ言葉《セブン・ワード》』を使い、次々と魔道具を完成させていく。

一応部外者がいるので、こちらまで聞こえないように『七つ言葉《セブン・ワード》』を使っているようだが、デイブはその作業工程を一度、天空城で見たことがあるので分かる。

「――ケニーが自重しないで魔道具を作りすることも、滅多にねえ。しかもカーの超短期集中講座だ。これは、付いていけてるステラとノインも尋常じゃねえな」

カーの方を見ると、生活魔術をすごい勢いで一つずつ成功させるステラに、カーはそのチェックを入れていた。

ノインはテキストを左手でパラパラと捲りながら、右手が高速でノートを取っていく。と思ったら、テキストは自動でめくれ始め、筆記もノインの手から離れて自動的にペンが走り始めていた。

これも生活魔術の一つなのだろう。

ステラとノインの両脇に書物がどんどんと積み重なっていくのは、修得した生活魔術のテキストのようだ。

マッケン王太子は、顔を引きつらせた。

「公務だったら、予算考えたくもねえな……」

「まあ、リコ姫様と、ステラの妹弟子であるリオンの頼みじゃなきゃ、まず実現しなかっただろうな」


最後のテキストが閉じられ、高く積み重ねられた書物の最上段まで浮かび上がる。

最上段にテキストが乗るのを確認し、ステラは椅子の背もたれに身体を預けた。深く長い息が、口から流れ出る。

「終わった……さすがの私も、なかなかハードだった……」

頭も、しばらく働きそうにないステラであった。

一方、同じくテキストを積み重ねたノインは、始める前と変わらず背筋をピンと伸ばし、表情一つ変えていなかった。

「——お疲れ様です」

「……君はメチャクチャ平然としているな？　大丈夫なのか？」

「——問題ありません。カー先生の講義は全て頭に入り、教わった生活魔術も全て修得しました」

そう答えるノインに、ステラはもう一度、大きく息を吐いた。

「才能の差を思い知らされるな」

「――私は空っぽなので、色んなモノを詰め込めるのだろうと、デイブ殿下は仰《おっしゃ》っていました」

「む……」

その言いように引っ掛かるモノを感じたステラは、背もたれから身体を起こした。

ステラの様子に気付いたカーが、慌てて二人の会話に割って入った。

「あ、ス、ステラさん、今のは悪口じゃないんです！　その、ノインさんはちょっと記憶がなくてですね！」

「――デイブ殿下は悪くありません」

ステラは、ノインのことを詳しくは知らない。

だが、本人と自分よりも付き合いが長いらしいカーが言うのならば、自分の早とちりである可能性が高そうだった。

「ふむ、君がそういうのなら、私がとやかく言うことでもないだろう。そしてカー先生、世話になった。ラック殿や、他の皆にも感謝する」

ステラは立ち上がり、周りの人々を見渡した。

「――ありがとうございます」

同じようにノインも立ち上がり、声を出した。

それに対して、ケニーはヒラヒラと手を振った。

「俺はまあ、久しぶりに色々試せて満足だ」

「ケニーが本気を出すと、色んな分野の技術力が不自然に発展するから、自重《じちょう》は必要だと思うわ」

それはそう、とリオンとフラムもソーコのツッコミに頷いていた。

「でも、私達が幾ら手助けをしても、ここからは、ステラさんとノインさん達自身のたゆまぬ努力が必要になります」

カーが指を振るうと、ステラ達の左右に高く積まれていたテキストがスルスルスルスルと下がり、やがて薄っぺらい紙となった。

それをクルクルと丸め、カーは自分のローブの中に収納した。

カーの元教え子達の何人かがギョッと目を剥いていたが、カーの言葉が続いていたので、誰も突っ込むことはできずにいるようだった。

「例えば、料理を失敗したら、何故失敗したのか、次に失敗しないためにはどうすればいいのかを考えなければなりません」

「普通に当たり前のことね」

ソーコの呟きに、カーが苦笑いを浮かべた。

「その普通を続けるのは、なかなか難しいんですよ」

「うう、身に覚えがありすぎる……」

一方ステラは、カーの言葉が心に突き刺さっていた。

「これはこれまで学んできた魔術も同じなので、ステラさんはスターフさんのお師匠さんも敬《うやま》ってくださいね……おっかないですけど」

「そこは、分かってもらえて、何よりだ。あの人は、普通に会うのが怖いのだ」

「うん、分かる……って、駄目だよ、ステラ姉さん！　どこで聞かれてるか、分からないよ⁉」

リオンに言われて、それは確かにと思ったステラは、周囲を見渡した。

「いや、大丈夫だ！　周辺に使い魔はいない！」

ネズミも猫も、窓の向こうにカラスもいない。

と、開いている窓から何やら飛んできた。

折りたたまれた紙で作られた、例えるなら空飛ぶイカだろうか。

スゥッ……と音もなくカーの胸元まで迫ると、力を失ったかのようにその手元に落ちた。

「あ、何でしょうか。えっと……『今度来たら覚悟しな』だそうです」

カーが紙を広げて、中の文字を読み上げた。

どう考えても、ステラ達の師匠の文章であった。

「ひぃっ⁉」

ステラとリオン、それにカーが悲鳴を上げたのは言うまでもなかった。

◇◇◇

「頭も使いましたし、とりあえず飯にしましょう」

そういうケニーの提案で、皆は揃って『第四食堂』へ向かうこととなった。

「まあ、ケニーも頭使ってたけど、本音のところは単純にお腹空いただけでしょ」

横に並んでソーコが言うが、反対はしない。

「俺の場合は、そうだな。それもあるけど、ステラさんが修得した生活魔術の実践や、魔道具の試験運用も兼ねてるって部分もある」

「……大丈夫だとは思うけど、爆発したりとかしないかなぁ」

そういうことがないように、生活魔術を修得してもらったのだが、それでもリオンとしては心配だった。

「その時は、カー先生が止めてくれるだろう」

「まさかの他力本願⁉」

いきなりケニーから話を向けられて、カーが震えた。

一方、話の中心であるステラは、特に怒りもせず、首を振った。

「いや、私だって好きで爆発させたり、家具を壊したりしている訳ではないのだぞ？　自分でどうにもならない上に、すぐ傍にすぐれたセイフティーがあるなら、普通そちらを頼るだろ」

「タマ、念のため王族を守っておいてくれ。フラムも」

「ぴ！」

了解した、とフラムが鳴き、ゴーレム球のタマと一緒にデイブの頭上に移動した。マッケン王太子やリコ姫も同時に守れるポジションではあるが、おそらく運動神経の有無が優先度の判断基準なのだろう。

デイブは顔をしかめた。

「手厚い護衛だが、逆に不安になるぞ、これ」

「だ、大丈夫だと思いますよ！　超圧縮授業でしたけど、ステラさんもノインさんも、ちゃんと生活魔術は憶えましたから」

「俺も大丈夫だとは思うけど、念には念を入れた方がいいと思って」

「予防は大事ね」

「何より、料理を行う私自身が一番、不安である」

「じ、自信を持ってください、ステラさん！」

相変わらず真顔で答えるステラを、カーが応援した。


『第四食堂』に入った一行は、調理室の入り口に立った。

なお、王族やカーの元教え子達は、テーブルについて、料理を待ってもらうこととなった。調理の手伝いにはならないし、そもそも調理室に入りきらないという事情もあった。

そうして、まずはステラに修得したばかりの生活魔術を実践してもらうことにした。

「布巾とモップは『清掃』を担当、食器と調理器具は『軽食用』のモノを『呼び出し』、同じく『呼び出し』食材は卵とレタスとベーコンとトマト。使用する調味料は――」

ステラの声に、調理室の掃除器具が動き出し、食器棚や引き出しからは食器や包丁まな板が出、冷蔵庫からも具材が飛び出してきた。

一通り揃うと、ケニーが調理室を見渡した。

「問題……ないな」

調理室は綺麗に掃除され、掃除用具も元の場所に戻っている。

キッチンには必要な食材と食器が並んでいる。

「調理室が酷いことになった時用に、時空魔術の準備もしておいたけど、どうやら不要になりそう？」

「良かった……本当に、良かったです」

カーがホッと、胸を撫で下ろしていた。

ケニーが、パンと手を打ち鳴らす。

「じゃ、ここから本格的に飯を作っていくとしますか。ああ、ステラさん、生活魔術と料理は別物だと考えてください。例えて言うなら、生活魔術は調理器具の延長です。料理は実験です」

ふむ、とステラが頷いた。

「錬金術の実験器具と、何を錬金するか、みたいなモノと認識すればいいのだな」

「まさしくそれです。レシピ通りにやればいいんです。普通にやってて何故か爆発するのなら、生活魔術はそうさせないツールみたいなもんとでも思っててください。自分の腕なんて信じなくていいんです。カー先生と、教わった生活魔術を信じましょう」

「な、なるほど！」

そんなやり取りをする二人を見て、ソーコが小さく呟いた。

「それはそれでいいのかしら、と思うけど、かといって代案も反論も思い付かないわ……」

そして、いよいよ料理が始まった。

ケニーがジャガイモを、ステラに手渡す。

「とりあえず野菜の皮剥きから始めてもらいましょうか。このナイフを使ってくれますか」

「う、うむ、分かった」

「いや、持ち手が暗殺者のそれです。刺しません」

ナイフをごく自然に逆手《さかて》に持ったステラを、ケニーが制した。

「そのナイフも魔道具で、ジャガイモに刃を当てるだけで自動的に剥けますから。むしろそんなに緊張したら、指が切れますよ」

「今まで、何度かやったことがある……」

ステラの答えに、少し離れた場所にいたリオンが思い出したように頷いた。

「……あるねえ。血液が勿体ないって、師匠から言われたの」

「そういうのは思い出さない。言われたことだけ、今はやりましょう」

冷静にケニーが言い、ステラはナイフをジャガイモに当てた。すると、ステラの手の中でジャガイモが自然に回転し、スルスルと皮が剥け始めた。

「お、おお……！　皮が、ちゃんと剥けていく！」

「皮を剥き終わったら、調味料の計量をしてもらいますからね。そこにある匙《さじ》を使って調味料を掬《すく》い、メモに書かれた分量を呟けばそれでもう計量完了です。……という話は、野菜の皮剥き終わってから、もう一回した方がよさそうですね」

ケニーは、匙の形をした魔道具の説明を途中で切った。

というのも、ステラが皮剥きに集中しているからである。ナイフの刃を当ててるだけではあるが、本人は真剣だし、水を差すのも悪かろう。

リコ姫は、ハンカチを握りしめ、時折目尻を拭っていた。

「ああ、あのステラさんが、ちゃんと料理ができてるなんて……ちょっとした感動です」

「涙ぐむほどか。……いや、まあできたのが黒焦げ料理とかじゃ、分からないでもないが」

ちなみにマッケン王太子は、身の回りのこと全般をそれなりにこなすことができる。というか、できなければ冒険者稼業など、不可能だ。

「調理器具も、何故か再起不能になっていましたし。特に取っ手部分がひしゃげてて……」

「力《りき》みすぎにもほどがあるだろう。でもまあ、これなら他の家事も期待できそうだな」

「はい！」

生活魔術科の全面サポートで、料理の問題はクリアされた。

掃除や洗濯などまだ課題はあるが、先行きは明るいだろうと楽観視するマッケン王太子であった。

「……あ、ちょっと、席を外します」

リコ姫が、少し恥ずかしそうに席を立つ。

生理現象だろうが、マッケン王太子のデリカシーは普通にあり、何故離席するのかを彼女に聞くほど無神経ではなかった。

本来護衛であるステラは今調理室にいるし、代理の人間は現在検討中だ。

だが、人間以外なら、有能な存在がこの場にいた。事前に話もしてある。

「分かった。おい、フラムとか言ったか。護衛は頼んだぞ」

「ぴぁー」

任せて、とでも言うように、フラムが鳴いた。


大きな鍋の中に、肉や野菜が投入される。

またガラスの器にも、色鮮やかな野菜が盛られていた。

自分がここまでやれるとは……と、ステラは感無量であった。もちろん手伝ってもらった部分も多いが、それでも自分の手料理であると胸を張って言えるぐらいには、ステラが準備を行ったのだ。

「これでシチューとサラダの下ごしらえは完成ですね。後は煮込むだけですけど……」

ケニーの言葉が不意に途切れた。

視線の先を追うと、そこにはいつの間にか部屋の入り口に黒いローブの人物が立っていた。扉が開く音はしていなかった。

「ふふふ……」

黒ローブの人物はフードを目深《まぶか》に被っており、顔は分からない。声音《こわね》から男のようだが、変えている可能性もある。

断言できるのは、不審者であることだ。

「誰⁉」

ソーコが声を張り上げる。ということは、生活魔術科の知り合いでもないようだ。

「貴様、何者だ⁉」

ステラも黒ローブに向かって誰何《すいか》した。

「私が何者かはどうでもいい。我々の要求に従ってもらおうか」

黒ローブが指を鳴らすと、その隣にスゥ……と同じようなローブの人物が姿を現した。ただし色は白。

白ローブは、リコ姫の首筋にナイフを押し当てる形で後ろに立っていた。

「ス、ステラ……」

リコ姫は後ろ手に縛られているようで、さすがにこれでは脱出することも難しそうだ。

「姫様⁉」

「リコ！」

飛び出そうとしたマッケン王太子を、ケニーがほとんど体当たりに近い状態で抑えた。体格はマッケン王太子の方が上なので、身体を張るしかなかったのだ。

「……おい、そいつとは別の護衛を付けていたはずだぞ。小さいドラゴンだ。あの子はどうした」

デイブの問いに、黒ローブが嘲笑するように肩を揺らした。

「ドラゴンというのは、これのことか？」

「ぴぅ～」

黒ローブの手には、ロープで縛られ目を回したフラムの姿があった。

「フラムちゃん⁉」

そんなフラムに、リオンが悲鳴を上げる。

さらに黒ローブが、丸い何かを蹴った。

「あと、このガラクタにも、なかなか手こずらされた。誰が作った？」

ゴーレム球のタマだ。しかし機能を停止しているのか、動く様子はない。

ソーコが声を震わせた。

「……嘘でしょ。フラムとタマがやられるなんて、コイツら相当な手練れよ。一体、何が狙いなの！」

「我々の要求か？　そんなに難しいモノではない。そこにいる研究者達、全員の身柄を渡してもらおうか」

黒ローブの要求に、声を上げたのはマッケン王太子だった。

両手をぶらりと下げ、構えてもいないが、その威圧感は王威と呼ぶに相応しい凄まじさだ。

「それはする訳にはいかない。彼らはこの国の客人だ。何より私の花嫁を人質に取っている時点で、お前達は私の逆鱗に触れている。大人しく、捕縛されろ。今なら楽に殺してやる程度の慈悲はあるぞ」

「戯《ざ》れ言《ごと》を……！」

黒ローブや白ローブを含むその場にいるほぼ全ての人間の意識が、王威を放つマッケン王太子に引き付けられていた。

リコ姫の身を案じていたステラだけが、例外だった。

「姫様を返してもらう！　目を潰すぞ――『消灯』‼」

生活魔術の長所の一つに、発動が早いというモノがある。子どもでも扱えるぐらい、術式が単純なのだ。

ステラが指を鳴らすと、部屋が暗闇に包まれた。

だが『消灯』に合わせて準備しておいた『暗視』で、ステラの視界は鮮明だ。

動揺しナイフをリコ姫に押し当てていた白ローブに、一気に迫る。

「こ、この子がどうなっても……」

「そのナイフは人体を切れない」

「何⁉」

ステラの指摘に、白ローブが自分のナイフを見た。

ナイフは白ローブのモノだ。もちろん切断能力はある。

しかし、生活魔術には刃物への安全対策用として『防刃』がある。それを今、ステラが白ローブのナイフに施したのだ。

「『発火』！　『伸びろ』ハタキ‼」

ステラの生活魔術で、白ローブの目の前で火が灯った。

小さな火のうえ、人を火傷にしない。生活魔術の『発火』で灯る火は、そういう火だ。しかし、火は火。目の前で灯れば人間は本能で動揺してしまう。

そして実際、白ローブは一瞬怯んだ。

そしてその一瞬は、ステラには充分な時間だった。壁に掛かっていたハタキを手に取って白ローブに向けると、その柄が長く伸びた。本来なら、高所にハタキを掛けるための生活魔術だ。

ハタキの先端が、白ローブの持つナイフを叩いた。

「姫様！」

「はい！」

リコ姫の姿が、ドレスを残して白ローブの懐から消える。天井近くまで飛び上がったリコ姫の姿は、冒険者のそれだ。

白ローブが何やら呪文を唱えようとしていたが、ステラは長い棒となったハタキを振るい、白ローブの身体を横殴りにした。

「ぐうっ……!!」

白ローブが壁に叩き付けられる。

敵はもう一人、黒ローブがいる。

ハタキを構えてそちらに向く。

「覚悟しろ、貴様達。今、息の根を――」

「そこまで！　勝負ありだ、ステラもういい！」

マッケン王太子の声と共に、照明が点《つ》いた。

「マッケン王太子殿下、何を……」

「大丈夫だよ、ステラ。この人達は敵じゃないから」

床に着地したリコ姫は、黒ローブの立つ扉前に歩き始めた。

ステラは危険を促そうとしたが、黒ローブは両手を挙げて、降参のポーズを取っていた。戦う意思はないようだ。

「ふぉっ、儂らがやり合ったら、この部屋がぶっ壊れてしまうぞい。修復予算も掛かるし、やめておいた方がよかろうて」

黒ローブがフードを取ると、そこには白髪白髭の老人の顔があった。

ノースフィア魔術学院の学院長、シド・ロウシャだ。

一方、壁に叩き付けられていた白ローブも、ヨロヨロと立ち上がった。

「おお、危うく自慢の顎髭が燃えるところでしたぞ。まさか、燃えるハタキで攻撃してくるとは思いませんなんだ。……なるほど、油で燃焼力を高めていたのですか」

身体をさすりながら、白ローブがフードを取った。

そこにあった髭が印象的な顔は、ステラも知っている人物だった。

「ゴリアス・オッシ殿!?　マッケン王太子殿下、これはどういうことですか！」

ステラは、これが茶番ということに気付いた。

そして、これを仕掛けたのはリコ姫の婚約者であり、この国の王太子であるマッケンということか。

しかし、マッケン王太子を問い詰めようとするステラに声を掛けたのは、ケニー・ド・ラックだった。

「やっぱり、護衛はやめたくないんですよね、ステラさん。一番得意の魔術を封じられても立ち向かう姿、見事でした」

「……お前もグルか」

ステラが、ケニーをにらみ付けると、彼は苦笑いを浮かべながら肩を竦めた。

「グルかどうかで言えば、ここにいるほぼ全員がグルなんですけど」

「あ、私もそう」

「ご、ごめんなさい。ステラ姉さん、わたしもです」

ソーコが小さく挙手し、リオンが済まなさそうに頭を下げる。

「ぴぁ～」

そして目を回していたはずのフラムは、同じく機能停止していたはずのゴーレム球のタマといつの間にか、のんびりと飛び回っていた。

「フラムちゃん、お疲れ様」

フラムはリオンの胸元に着地し、タマはケニーの手元に戻った。

ふん、とソーコが鼻を鳴らした。

「っていうか、フラムが遅れを取るような相手、そうそういないわよ。いたとしても、その後が怖いわ」

「まあ、国が一つ滅ぶレベルだな……根回ししておいて、マジで良かったぜ」

デイブが頬の汗をハンカチで拭いながら、研究者達の方を見た。

危うく拉致されそうになったはずの彼らはというと、思った以上に和やかな雰囲気だった。「驚きましたな」とか「やはり生活魔術には可能性が……」などと話し合っている。

ステラはピンときて、震えながら研究者達に話しかけた。

「ま、まさか……皆さんも……？」

「ああ、はい。事前にマッケン王太子殿下から話は聞いておりました。特に何かできた訳ではありませんが」

ハッハッハと笑う研究者達に、ステラはガックリと崩れ落ちた。

そんなステラに、マッケン王太子は腕組みしながら説明を続ける。

「下手すれば外交問題に発展する人達だからな。当然だろう。小芝居に付き合ってくれて、感謝する。ちなみにもう一人の襲撃者は、この魔術学院の学院長、シド・ロウシャだ。しかしロウシャよ。事前の話では、この『第四食堂』の売り上げが目的だったはずだが……？」

ロウシャ学院長は、ローブのフードを取りながら「ほ」と笑った。

「ちょうどよく、リコ姫様が食堂から出てくださりましたからな。急な脚本変更というやつです。何より、この面子を前に、食堂の売り上げ狙いはさすがにお粗末すぎましてのう」

「そういえば話し合いの最中も、不満そうだったな……オッシも、急な仕事であったが、よくこなしてくれた」

「それが、臣下の務めですから」

ゴリアス・オッシはマッケン王太子に、頭を下げて一礼した。

「ともあれ、ステラよ。お前の護衛としての能力は見せてもらった。公的な護衛という立場を外したとしても、その仕事は普通にできるだろう」

マッケン王太子の言葉に、ステラはこの茶番の意味を悟った。

「それを見るために、今回の茶番を……!?」

「同時に、通常の身の回りの世話もできるとなれば、お前の存在価値はこれまでよりも高まる。挽回の機会だ。励め」

「ハッ、ありがとうございます」

ゴリアス・オッシに並ぶように、ステラもマッケン王太子に頭を下げた。

「礼ならリコとケニーに言え。オレは許可を与えたぐらいしか、仕事はしてない」

「リコ様、それにラック。……感謝する」

リコ姫は微笑み、ケニーは気恥ずかしげに頭を掻いた。

「俺は俺で、骨を折ったのはリオンに頼まれたからなんだよなあ。いちいち頭を下げてたら、結局ここにいる全員に礼を言うことになりますよ?」

「そうか。では、妹弟子に感謝をしておくことにしよう。リオン、手を取れ。これをくれてやる」

ステラが手を伸ばすと、キョトンとした顔でリオンは自分の手を重ねた。魔力を手に込め、重なったリオンの手に伝える。

上手く伝わったようで、リオンが手を離すとその掌から小さな光の球が浮き上がった。緩やかに、リオンの周りを漂い始め、フラムが興味深そうにそれを追いかける。

「ステラ姉さん、これは？」

「雷の精霊だ。今の私は雷魔術を封じているし、使うこともないのでな」

「え、でも封印を解くことが……」

今は心の整理が付かないので雷魔術は封印しているが、いずれこの封印は解くことになるかもしれない。

その時に、リオンに雷の精霊を与えたことで自分の精霊がなくなることを、危惧したのだろう。

「あ、でも大丈夫なのか」

だが、すぐにリオンはその危惧が無用のモノであることに気付いたようだ。

「そうだ。その時は、新しく契約しなおせばいいだけの話だからな。コイツには、お前の役に立ってもらいたい」

「ぴぁー！」

雷の精霊に追いついたフラムだったが、何と大きな口を開けてこれを食べてしまった。

これにはステラも度肝を抜かれた。いや、精霊がこの程度で死ぬとは思わないが、むしろフラムは大丈夫なのだろうかと心配になる。

「あっ、フラムちゃん！　それ、食べちゃ駄目だよ⁉　ペッして、ペッ！」

リオンがフラムの背を叩くが、フラムはそのまま口を動かし、やがて満足そうに鳴いた。

「ぴあぁぁ！」

鳴き声に連動するように、フラムの身体が淡い赤色の光を放った。

「……発光したな」

「取り込んじゃったわね、雷の精霊」

ケニーとソーコが、特に驚きもせずに言う。

「おい、冷静に突っ込むな⁉」

ステラは叫ぶが、ケニーは諦めたように首を振った。

「まあ、フラムのしたことですからね。大抵のことは、やらかした後で不思議はないなって思うことにしているというか……」

「……ここ最近、何気にどんどんパワーアップしてるわね、フラム。成長期かしら」

「ソーコちゃん、これを成長期で片付けるのもちょっとどうかと思うよ」

「ぴぅー！」

フラムは元気に鳴きながら、天井近くを飛び始める。

何だか、これまでにない俊敏さだ。曲がり方もどこか鋭角的である。

「おお、速い速い。他に何かできるようになったのか？」

ケニーが拍手した。

「ぴぅー……」

フラムは緩やかに天井近くから下りてくると、窓の方を向いた。

窓が閉まっているのを確かめると、リオンを見た。

「え、開けて欲しいの？」

フラムの要求を察したリオンが、窓を開けた。

青空に白い雲が漂っている、いい天気だった。

フラムは窓に近付くと、大きく口を開けた
「ぴあーーーーーっ‼」

フラムの口から太い雷光が溢れ、青空へと放たれた。

フラムの叫びと共に『ドゥン！』というその場にいた皆の身体に響く、重い雷音が轟き渡る。

白い雲に丸い穴が開く、距離も威力も凄まじい光線、いや光の柱であった。

デイブは散っていく白雲を眺め、頬を引きつらせた。

「雷の息吹《ブレス》か……頼むから、街中では吹かないでくれよ」

「ぴっ！」

了解、とフラムが鳴いた。

そしてフラムの身体から光が消えたかと思うと、腹の辺りから雷の精霊が外へと飛び出してきた。

「何だ、食べたと思ったけど消化してなかったのか。いやまあ、ホッとしたというべきか」

頭を掻きながら、ケニーが安堵の吐息を漏らした。

リオンは胸に飛び込んできたフラムを抱き留めながら、自分の周りを泳ぐように漂う雷の精霊を目で追った。

「……うーん、これは食べたというよりも、契約したって感じだね。わたしも安心したよ。ステラ姉さん、ありがとう」

「ぴ!」

「う、うむ。大事にしてくれ」

何一つ悪気のなさそうなフラムの鳴き声に、ステラはそう答えるしかなかった。

デイブは、大きく息を吐き出した。

「とにかくこれで、一件落着ってことでいいか? 芝居とはいえ、さすがに疲れたぜ。俺様はもう、さっさと部屋に戻って休みてえ」

『第四食堂』に、和やかな空気が流れる。

しかしそこで、おずおずといった様子で挙がる手があった。

「えっと……あの……一つ、ちょっといいですか?」

カティ・カーである。

「え、カー先生、どうかしましたか?」

リオンが問うと、カーは困ったようなちょっと泣き出しそうな顔をしていた。

「私、今回のこと、まったく聞いていなかったんですけど。学院長とオッシ先生が襲ってきたこととか、割と本気で怖かったんですけど……? ほ、他の人達はみんな、知っていたんですよね?」

『第四食堂』内に、気まずい空気が流れた。

確かに、騙す相手であるステラ以外は皆、この茶番を承知でいたようだった。カーを除いて。

「あー……それはだな」

どう答えるか、デイブは迷っているようだった。

「それは？」

「カー先生は絶対顔に出るから、みんなで黙っておくことにしたのよ」

誰もが答えにくいであろう真相を、あっさりバラしたのはソーコであった。

「えええええ!?」

「すまん。本当に理由は正にそれなんだ」

「すみません、カー先生。さすがにこれは、我々も擁護できなかった……」

マッケン王太子が申し訳なさそうな顔をし、研究者達も首を振った。

「謝られると、逆に傷つきますよ、これ!?」

ステラは、もし先にカーが事前に今回のことを知らされていた場合を想像してみた。うん、絶対何らかの違和感を覚えるだろうな。

「……やられた私が言うのも何だが、確かにそれは賢明な判断だったと思う」

「ううう、何だかちょっと、人間不信に陥りそうです……」

最後にカーに少し悲しい出来事があったが、概ね問題は解決したのだった。

エピローグ

王家主催の夜会。

場所は王宮、ダンスホールには演奏に合わせてタキシードとドレス姿の男女が踊っている。

少し前には、王太子マッケンと王太子妃に内定しているリコ姫の、国内の貴族向けのお披露目が行われた。

明日には、国民に向けての大きな発表となっている。

マッケンとリコ姫が踊っている間、ステラは小さな少女と話をしていた。

「君がキアラ・オッシか。話はリオンから聞いている。優秀な戦闘魔術を使うらしいな」

「はじめまして、ステラ様。キアラ・オッシですわ。炎と雷の魔術を得意としておりますが、今は生活魔術での使い道を色々と模索《もさく》しております」

緋色のドレスを身に纏ったキアラ・オッシは、ステラにカーテシーをして微笑んだ。

「私はリオンの姉弟子に当たるが、生活魔術の使い手としてはカー先生を師匠とした妹弟子であり、同時にリオンの後輩となる。一方で、君はリオンの直弟子だ」

「押しかけ弟子になりますけどね」

「それでも、弟子は弟子だろう。私達はおかしな関係だな」

「確かにそうですわね」

ステラとキアラは揃って笑った。

「ステラ様は今、最も得意としている雷魔術を封じているという話ですが……」

「職務上のミスがあり、自戒も込めて自ら封印した。……とはいえ、本心は姫様の護衛に大いに未練があった。そのことに、生活魔術科の皆には気付かされたのだ。彼らには、感謝しかない」

「よろしければ、一度手合わせをお願いできませんか？」

キアラの瞳には、好戦的な輝きがあった。

これはゴリアス・オッシの血だな、とステラは思いながら、不敵な笑みを浮かべる。

「いいぞ。何なら今から仕掛けてくれても構わないぞ」

「会場が大変なことになるから、それはやめておきますわ」

確かにそれは、リコ姫も巻き込んでしまうしやめておいた方がいいかもしれない、とステラは思った。まあ、そもそもここでの戦いというのは、最初から冗談ではあるが。

「では、お互いの都合のいい日に合わせて、行おう。場所はそうだな、王城か魔術学院の訓練場を使わせてもらおう。王城の方は、私の方の申請で通るだろう」

するとキアラは名案を思い付いたように、パンと両手を打ち合わせた。

「お姉様にも参加してもらいたいので、魔術学院の方がよいかと思いますわ」

「ふむ、私もリオンの腕前をじっくり見てみたい。そちらで調整してみようか」

「はい！」

こうして、リオン本人の与《あず》り知らないところで、手合わせの予定が組まれる事となったのだった。

「で、そのリオンだが……」

「あちらですわね。もう、ビックリするぐらい給仕服姿が似合っていますわ……ああ、もちろん純粋な褒め言葉ですわよ」

二人の視線の先には、給仕服に身を包んだリオンが、三体の『影人《シャドウ》』を操りながら、歩きと早足の中間ぐらいの速さでワゴンを押していた。

ケニー・ド・ラック、ソーコ・イナバの二人も、似たようなモノだ。

ただ、フラムだけは賓客達が混乱しないようにと、控え室で大量の食事を食べながら大人しくしていた。

さて、リオンを見守る二人からやや離れたところに立っていた、ゴリアス・オッシは密かに戦慄《せんりつ》していた。

「今度は、リオン・スターフの戦力がまた増えたか……これはもう、とっくに戦闘魔術科の戦力を凌駕しているのではないか……？」

とはいえ、オッシにできることなど何もなく、手に持ったワイングラスの中身を飲むしかないのであった。

おまけ劇場◎デイブ殿下、立候補する

中会議室は、教壇を中心に扇状に席が広がっている部屋だ。

ここに、珍しく生活魔術科の生徒達が全員集まっていた。

もちろん、科長であるカーも同席している。

今回の議題は、委員会活動であった。

カレット・ハンドが壇上に立ち、後ろでは鬼族のハッシュが各委員会の名前を板書していた。この二人が、今期の生活魔術科における委員長と副委員長だ。

「委員会……？」

今一つピンと来ず、デイブは眉根を寄せた。

人相が今一つよくないので不機嫌そうに見えるが、単に疑問を感じただけである。

編入生であるデイブはそういった役職には就いていなかったので、何をするのか分からなかったのだ。

それを補足したのは、後ろの席に座るリオンだった。

デイブの後ろには、ブラウニーズが揃っていた。

ちなみにケニーは今もアリアに憑依されているので、グッタリと突っ伏していた。

「生徒による自治組織みたいなモノかな。クラス単位で委員会があって、学校全体のとなると生徒会になる。一定の期間で任期が終わって、次の委員会を決める」

「なるほど、それで今回が任期の一区切りって訳か」

そうそう、とソーコが頷いた。

「委員会には幾つか役職があるんだけど、前と同じ人がそのまま引き継ぐことも多いわね。図書委員ならパイとか。あの子以上に任せられる子がいないってことなんだけど」

「そういう意味ではリオンが園芸委員なのも、そうなるな」

「飼育委員と迷うんだけどねぇ」

どちらも、適任である。

「……いっそ、両方やればいいんじゃねえか？」

「それはもう、みんな言ったわ」

「だろうな。一人一役が妥当だろう」

デイブは黒板を確認した。

新聞委員会は週に一回、教室に張られる壁新聞の担当だ。生徒の課題の成果や、表彰されればもちろんそれも記事になる。

放送委員会は昼休みや放課後に伝声管を用いて、各アナウンスや音楽を流したりする。デイブからすれば魔道具を使えばいいだろうに、と思うのだが、予算など何らかの都合があるのだろう。

デイブは隣に座るノインを見た。

「ノイン、何かやりたい仕事はあるか？」

「——特には、ありません」

「そうか」

デイブも特にはない。

そんなことを考えていると、議題は次の学級委員長を誰にするかという話題になった。

「誰かやりたい人いるー？」

カレットの声に、しかし誰も手を上げようとはしなかった。

後ろからソーコのため息が聞こえた。

「この時期が、来てしまったのね……」

「ああ……」

いつの間にか起きていたケニーも、気怠げにソーコに同意していた。

「何だ？　なんか問題でもあるのか」

「あるというか、まあ阻止はするんだが……」

「アイツが、騒ぐのよ」

ソーコが指差した先、デイブの二つ前の席から一人の男子生徒が立ち上がり、いや身を乗り上げて手を伸ばしていた。

「はいはいはいはいはい！　委員長やります！　俺に任せて！」

「兄さん落ち着いて‼」

グレタとレスの兄弟だった。

「だって委員長だぞ⁉　クラスで一番偉い役職じゃねえか！」

「んな訳ないでしょって毎回言ってるでしょうに……確かにクラスの長ではあるけど、それはただの役職よ？」

「つまり一番偉いってことだよな、ソーコちゃん！」

「話聞いてた？」

ソーコは頭痛を堪えるように額を抑えた。

「グレタ君が、いつもこんな調子なの」

「……なるほどな」

リオンの言葉に頷き、デイブは立ち上がった。隣のノインも一緒に立つ。

「なあ、ちょっといいか」

「何だ編入生」

グレタが胡乱な目をデイブに向けた。

少し考え、デイブはノインを親指で指した。

「コイツは？」

「ノインちゃんが、何だって言うんだ？」

グレタが、不思議そうに首を傾げた。

デイブも、ため息を漏らしそうになった。ちょっと、ソーコの気持ちが分かったのだ。

「テメエが、男の名前に記憶領域を割く気がねえってのは分かった。出世欲が大きいってのもな。で、クラスで一番偉くなって、テメエは何をする気なんだ?」

「え? 何って……威張る?」

この男、基本的にはスペックは高いはずである。

頭は回るし、抜け目もない。

魔道具関連もかなりの腕前だ。ケニーの技術は凄いが、彼の作る魔道具は彼にしか手直しできなかったり、複数人の専門技術者が必要になる。その一方、グレタのそれはコストが抑えられ、一般層にも普及しやすいモノが多い。

デイブも何度か、グレタが活躍する場面を見てきた。

しかし今は、このアホっぷりである。

「おいリオン。このアホを、これまでどうやって凌《しの》いできたんだ」

「まだ委員に付いていない人達が、くじ引きで決めてたかな」

リオンの説明に、ソーコも続く。

「この際、グレタ以外ならまだマシってノリだったからね。生活魔術科の代表として、アイツを生徒会の会議に出す訳にいかないでしょ」

「なるほど」

少し考え、デイブは手を上げた。

「立候補制なら、俺様がやってもいいってことだな」

その宣言に、周囲がざわめいた。

最も動揺したのは、グレタだった。

「何⁉　編入生、俺の野望を邪魔する気か！」

「デイブだ。クラスの委員長程度で野望も何もねえだろ。せめて生徒会長に立候補してから言え。まあ、どちらにしても学院を支配するような強権なんて、持ってねえだろうが」

「ぐぬぬ……」

グレタは唸るしかなかった。


二人、正確にはデイブの後ろにノインがいるので三人が教壇に立った。

カレットとハッシュは会議室の端に立ち、カーはハラハラと成り行きを見守っていた。

「とはいえ、候補が二人になった訳だ。お前が委員長になったら、何をする？　公約ってやつだ」

デイブの質問に、グレタは胸を張った。

「ふっ、決まっているだろう？　まず、俺の席の周りを全部女子で固める。女子の試験免除……はさすがに現実的じゃないから、小テスト免除。さらに昼寝時間も追加だ！」

「……そ、想像以上のアホだな」

さすがのデイブも、グレタのあまりにあんまりな公約に、怯んだ。

「やってみなきゃ分からねえだろ⁉」

デイブは、カーを見た。

「無理無理絶対無理です！」と口にしてこそいないものの、大きく首を振っていた。

そりゃまあ、そうだろう。

「それで、デイブの公約は？」

グレタの代わりに、ソーコがデイブに尋ねた。

ふん、とデイブは鼻を鳴らした。

「特別なことは、何もしない」

「ちょっと」

「普通に、委員長の仕事をする。ああ、そうだな。俺様を委員長にしたら一つメリットがあるぞ。こういう委員会関連の会議を、どれだけ長くても一時間以内に終わらせてやろう。クラスの委員長でも、その程度の権力はあるだろう」

言って、デイブは教壇にある書類に目を通した。

そして、席に座る生活魔術科の生徒達を見渡した。

「と口だけ言ってもしょうがねえな。プレゼン代わりに、残ってる議題を十分で終わらせてやる。どうだ？」

すると、一つの手が上がった。

「支持しよう」

狼獣人のユエニだった。

「長々と無駄な話し合いは嫌いだ。すぐに済ませてくれると言うなら任せたい」

「私も同意だヨ！」

威勢よく挙手したのは、ウーワン・イだった。

それに続々と続き、拍手と喝采が巻き起こった。

どちらが委員長の器かは、明らかだった。

「うおおおお、俺の野望が……」

ガクリ、とグレタがその場に崩れ落ちた。

「おい、グレタ。お前にもやってもらいたいことがある」

「も、もしかして副委員長か？」

一縷の希望を見出したかのように、涙目のグレタが顔を上げた。

が、デイブは副委員長をグレタに任せるつもりはなかった。

「それはノインに任命する。お前、魔道具作りが得意だろう。他の委員会が楽になる魔道具を幾つか作ってもらいたい」

デイブの提案に、グレタは胡座を掻いて不貞腐れた。

「そんなことしても、何の得にもならねえだろ」

そういう態度を取ることは、デイブも予想済みだった。

なので、こう言う。

「ボランティアをやる奴は、何にもしてない奴よりモテるぞ。それが下心から来る偽善だとしてもだ」

「話を聞こうじゃないか、デイブ君」

キリッと表情を引き締め、グレタは親指を上げた。

宣言通り、デイブが十分掛からず議題を終わらせ、生活魔術科の生徒達は撤収していく。

そんな中、ソーコがデイブに声を掛けた。

「ちょっと、デイブいいの？　立場とかスケジュール的なのとか……」

「学生にできる範囲でやるだけだ。それに俺様にも下心がある」

デイブが王族であることを知っているのは、生活魔術科の中ではいまだにソーコ達とカー先生だけだ。そちらとの兼ね合いを心配してくれたソーコに、デイブはニヤリと笑った。

「この学院、若干非効率的な部分があるからな。もうちょっと色んな部分をいい感じに回せたら、俺様も？　他の連中も？　楽ができるようになるだろ」

そういうデイブに、リオンとソーコは顔を見合わせた。

「それは、下心とは言わないと思うんだけど」

「かなりケニーに影響されてる部分があるわね……」

デイブとグレタ（時々ケニー）によるプチ技術改革が行われ、ノースフィア魔術学院の様々な制度や慣習の効率化が評価されるようになるのは、これからしばらくしてのこととなる。

※この物語はフィクションです。作中に同一の名称があった場合でも、実在する人物、団体等とは一切関係ありません。
※本書は書き下ろしです。

丘野境界（おかのきょうかい）
大阪府在住。
2012年より小説投稿サイト「小説家になろう」にて執筆を開始。
本シリーズにてデビュー。

イラスト **東西**（とうざい）

生活魔術師達、王国会議に挑む
（せいかつまじゅつしたち、おうこくかいぎにいどむ）

2024年6月11日　第1刷発行

著者　丘野境界

発行人　関川 誠
発行所　株式会社 宝島社
〒102-8388　東京都千代田区一番町25番地
電話：営業03（3234）4621／編集03（3239）0599
https://tkj.jp

印刷・製本　中央精版印刷株式会社

Printed in Japan
ISBN978-4-299-05521-7